紀嬰——著
反派未婚妻
總在換人設
下
第一部・妖女、綠茶與霸道總裁?!

目錄
CONTENTS

第十三章　霸道女總裁

裴渡的劍氣遠遠超乎想像。

他年紀輕輕，修為不算太高，劍風驟起之時，掀起層層氣浪，裹挾著排山倒海的靈力，幾乎要將黑霧吞噬殆盡。

邪氣原本只當他是個小輩，不值得忌憚，沒料想殺氣來得又狠又快，全然無法避開。

這小子……

劍意凜然，它被擊得悶哼一聲，周身纏繞的黑霧如同發了怒，狂嘯著劇烈顫抖。

好不容易等到謝疏不在的時機，這群小鬼知道太多，必須儘快除掉，不留活口。

狂舞的黑煙凝聚成型，化作條條張牙舞爪的長鬚，與劍意匯成的白光相撞，半空掀起浪流。

邪氣的攻勢越來越凶，黑霧彌散之際，忽地身形頓住。

它來之前，在院落外特地設下了帶有障眼法的結界，只要不走進院子，在外面看來，此處風平浪靜，與平日裡並無兩樣。

但此時此刻，卻有另一道腳步聲從門邊襲來，愈發靠近。

來人是個劍修，同樣修為不低。

真是難纏。

一旦聞風而至的人越來越多，驚動謝府乃至雲京城裡的其他人……雖說監察司是出了名的吃白飯，可倘若當真被那群人盯上，它恐怕沒辦法活著離開雲京。

懸浮於空中的邪氣緩緩一旋，黑霧似是得了舒緩，殺意漸消。

也罷，獵物已經到手，只要即刻回到孤雲山，待到時機成熟，它等待了多年的夙願，便能如期成為現實。

到那時，即便謝疏與雲朝顏親自對付它……大抵也是無可奈何，拿它毫無辦法。

「看來談判失敗，真可惜。」邪氣啞聲笑笑，滿園的黑霧倏然聚攏，好似蝴蝶攏上雙翼，將它與孟小汀緊緊裹住：「我另有急事，就不陪你們過家家了……告辭。」

因此當莫霄陽跨入院落的時候，只聽見一息極其輕微的風聲。

空中花雨紛飛，黑霧飄渺如煙。

應當與裴渡對峙的邪氣，澈底不見了蹤跡。

謝鏡辭竭力睜開雙眼。

窗外透射而來的陽光有些刺眼，讓她下意識皺起眉頭。意識逐漸聚攏，當記憶碎片緩緩重疊，謝鏡辭猛地從床上坐起身子，睡意盡散。

「謝小姐。」耳邊響起裴渡的嗓音：「妳身體可有不適？」

她聞聲抬頭，在臥房門邊，望見修長的暗白色影子。

裴渡憂心她，卻也知曉踏入女子閨房不合禮數，於是久久站立在房間門口，靜候謝鏡辭醒來。

「哦哦哦！謝小姐醒了嗎！」莫霄陽從另一側門邊探出腦袋，滿臉劫後餘生喜出望外：「太險了！萬幸妳用靈力擋下了大部分邪氣，只受到不大的影響，否則也會像城裡其他人那樣，怎麼都醒不過來。」

謝鏡辭後腦勺陣陣發痛，嘗試運作識海，確認此處並非夢境：「孟小汀呢？」

方才還因她甦醒而活絡的氣氛，於頃刻之間安靜下來。

「那股邪氣瞬息消散，連帶孟小姐也消失無蹤。」裴渡沉聲應她：「抱歉，沒能攔下它。」

此事無論如何都算不上他的過錯，謝鏡辭輕輕搖頭：「與你無關——那邪氣帶著一眾人來到雲京城，應該就是為了搜尋孟小汀的蹤跡，再把她帶回孤雲山。」

如同帶走她娘親那樣。

「裴渡親耳聽到它說，有要事去辦，容不得耽擱。」莫霄陽面上浮起憂色：「它要做的事情，會不會與孟小汀有關？」

謝鏡辭身邊的氣壓陡然一沉。

「我打算……即刻前往孤雲山。」她毫不猶豫，抬手揉了揉太陽穴，試圖讓自己更清醒一些：「雖然不知道那裡究竟怎麼回事……但沒辦法等到明日了。」

謝疏和雲朝顏要明天才能回來，想必那團邪氣正是選中了這一段空隙，才敢進入謝府動手。

既然是「不容耽擱的要事」，必定迫在眉睫，倘若她晚上幾步，孟小汀不知道會遇上什麼事情。

她已經沒有耐心繼續靜候。

謝鏡辭沉聲：「那邪氣已至元嬰巔峰，此行恐有危險，你們不必同我一起。」

「謝小姐，妳這話可就不對了。」莫霄陽掏出圓鼓鼓的儲物袋，抬手朝她晃了晃：「我和裴渡在妳昏睡的時候就商量好了，等妳一醒，咱們立刻趕去孤雲山——武器啊地圖啊靈丹妙藥啊，我們早就準備齊了。」

他似是有些急，眉眼間盡是迫不及待的戰意：「走走走，咱們去把那團噁心的黑球捶爆！」

謝鏡辭算不得魯莽，在離開雲京之前，用傳訊符寄了一封信給爹娘，告知二人一旦收到信件，就立即前往孤雲山。

大宴與世隔絕，也不知道他們什麼時候才能收到。

在馭劍的間隙，莫霄陽嘴巴閒不下來，為謝鏡辭概括了自己與裴渡討論一番後，大致得出的結論。

「首先呢，既能控制夢境，又沒有真正的身體，以一團黑氣的形式存在於世，我們搜遍古籍，終於在《靜海浮雲錄》裡找到了個同它相差不大的玩意兒。」莫霄陽道：「那團氣名為『夢魘』，是種滅絕了很久的魔物，以人們無盡的噩夢、怨念與執念彙聚而成。傳說它極其罕見，已有兩三百年沒出現過，夢魘以夢境和靈力為食，體質越特殊的人，給它的增益越大。」

尤其是裴渡天生劍骨，純粹靈力中融合了濃郁劍氣，於它而言有如天靈地寶，大有裨益。

謝鏡辭不解：「那它為何會選中孟小汀？」

在她的印象裡，孟小汀並未身懷多麼特殊的體質，加之修為不高、靈力微薄，無論如何都算不上夢魘的首選目標。

「這個……我們也不知道。」莫霄陽撓頭：「關於夢魘的記載極為稀少，哪怕是《靜海浮雲錄》，也不過寥寥提了幾句。在提到它的古籍裡，都把夢魘當作一種虛構的假物。」

所以當雲京城中數人陷入昏睡，所有人腦子裡浮起的第一個念頭，是邪修作祟、術法入夢，無論如何都想不到夢魘頭上去。

馭劍飛行的速度極快，不消多時，三人抵達孤雲山。

孤雲山位於群峰環繞之中，比起周圍高聳入雲的巍峨雄峰，這座被眾星捧月的低矮山巒顯得格外不起眼。

夢魘留下了那麼多修士信徒，必然有個地方為眾人的住處。

據孟良澤所言，當年他來孤雲山開採原料，幾日下來，只見到匆匆逃出的江清意，並未撞上任何建在深山的建築，加之夢魘有意藏匿行蹤，安身的地方，毫無疑問在山林深處。

如今雖是冬日，叢林中卻仍環繞著一望無際的翠綠，密密麻麻的松柏如同巨網，把謝鏡辭壓得有些喘不過氣。

她一邊走一邊四下張望，不知行了多久，當目光掃過一抹突兀色澤，迅速停下腳步。

那是一處飛翹的簷角，呈現出樹幹內裡淺淺的輕褐色澤，在浪潮般的綠中，一舉便攥住她視線。

心跳莫名開始劇烈加速。

謝鏡辭一顆心懸在半空，下意識與裴渡對視一眼，放輕腳步，繼續往前。

眼前的景物逐漸清晰。

這裡竟像是個安靜祥和的小村落，一列列簡陋的木屋雜亂排開，四周安靜得可怕，如同廢棄已久。

她正四下張望，突然聽見腳步聲。

一個看上去孱弱體虛的少年上下打量三人，眉目間狐疑漸生：「你們……是誰？」

謝鏡辭眼皮一跳。

「我們聽聞此地能心願成真，特來拜訪。」莫霄陽反應很快，滿臉正經地接了話：「身旁兩位是我弟弟和弟媳，我們一家人慘啊！受奸人所害家產盡失，只能淪落街頭，找不到落腳的地方。」

他越說越氣，猛地一咬牙：「我真是恨透了那個混蛋，想要討回公道！」

這裡多的是嫉世憤俗之人，少年對他的態度習以為常，點頭笑笑：「既然能得知此地消息，想必你是受到了神的感召。莫要著急，再過一段時間，它便會親自召見你。」

謝鏡辭脫口而出：「神？」

裴渡皺眉：「再過一段時間？」

「三位既是新來，應該並不知曉規矩。」少年似是剛從睡夢醒來，懶洋洋打了個哈欠，再開口，仍是溫聲細語：「這村子裡彙集的，盡是有冤難報、走投無路之人。多虧有神明降世，為我們洗刷冤屈，建立一處全新的世界。」

不過是場虛無縹緲的夢境，以夢魘之身，竟也膽敢自稱為神明。

謝鏡辭心底冷嗤，面上佯裝出驚訝的神色：「全新的世界？」

「神明慈悲，送我們通往彼岸之所，我不宜多言，待會兒三位親身體驗，便能知曉其中精妙。」

真是有夠厚臉皮。

謝鏡辭在心裡直翻白眼,想起裴渡之前的問話,順著他的意思繼續道:「為何要等待一段時日?我們不能立即見到神嗎?」

少年緩聲道:「想見也能見到,只不過大人抽不開身,無暇顧及各位。」抽不開身。

謝鏡辭心中一顫,努力壓下不斷翻湧的躁意:「……所為何事?」

「大人本無實體,每過數年,便會降於命格契合的聖子聖女之身。」少年笑笑,語氣裡多出幾分欣喜之意:「你們也算幸運。按照慣例,祭典本應在三天前開始,但聖女孤身在外,今日才回到孤雲山,若是方才前往祭壇,說不定還能見到神臨的景象。」

莫霄陽沒忍住,低聲罵了句「我靠」。

這少年話語委婉,美名其曰「神臨」,其實說白了,就是夢魘附身於命格相宜之人,占據身體與識海。

所以孟小汀的娘親才會自幼生活在孤雲山,不但從未離開山中,還對人際交往、家務農活一無所知。

從一開始,她就被當作夢魘的下一具身體養大,如同籠中之鳥。

而她生下的孟小汀,也理所當然會被看作繼任容器,如此循環往復。

整個村落的人對此心知肚明，卻甘心沉溺於虛假的幻境，對其視而不見，將她當作取悅「神明」的工具。

謝鏡辭幾乎快要控制不住心底殺意，深吸一口氣：「神臨的地點……在哪裡？」

這少年顯然被心想事成的夢境養得不太正常，帶著三人向山林深處前行時，不停手舞足蹈，嘴裡嘟囔不知什麼東西。

瞥見謝鏡辭探尋的目光，他也不覺得羞惱，輕笑著解釋：「在夢裡，只要一伸手，就能有數不清的美酒佳餚——我也不需要走路，只要腦子裡生出一個念頭，倏地就瞬移到了。」

謝鏡辭抿唇笑笑，視線不露聲色，掠過他全身。

少年走路姿勢奇怪，走起路來顫顫巍巍，彷彿雙腿沒什麼力氣，下一刻就會頹然倒地。

至於他的臉頰更是深深往內凹陷，莫霄陽說過，夢魘會以他人靈力為食，久而久之，這群人恐怕會變成一具具乾屍。

關於這一點，他們定是渾然不知。

因為少年一邊走，一邊撓頭自言自語：「奇怪，我這幾日分明醒來修煉許久，為何還是這副樣子？」

裴渡沉默片刻，少有地出了聲：「這位道友，不知為何會來到此地？」

少年聞言一愣。

「我和你們差不多，也是被奸人所害，全家只剩下我一個。」他像是很久沒回憶起這段經歷，開口時帶著幾分遲疑：「幕後黑手有權有勢，我沒有證據，拿他毫無辦法，正巧大人托夢，指引我來到這裡。」

看來這是個究極虔誠的頭號信徒，說起那位「大人」，連眼睛都在發光。

謝鏡辭好奇接話：「不知那幕後黑手是何等身分？」

她本是隨口一問，沒想到聽得少年話音一出，不由怔住。

「雲京城的孟家，你們應該聽說過吧？孟良澤那廝當今過得如何？當年他還只是個不受寵的小兒子，為謀權益——」他在夢裡早就把這人千刀萬剮無數次，這會兒再提起，卻還是帶著刻骨恨意，然而還沒說完，少年就話鋒一轉：「到了！你們看，頂上就是神座和祭壇。」

謝鏡辭心下一凜，握緊鬼哭冰涼的刀柄，抬眼望去。

入目之處，是一座高高聳立的孤絕峭壁，她努力仰頭，才能於雲霧之間，窺見最高處的景象。

只一瞥，便讓她周身殺意大增。

此地三面環山，兩側山峰較為低矮，山頂之上屹立著碩大的夢魘雕塑，氣勢陰沉、暗影橫生，壓抑非常。

最高的峭壁位於兩山中央，有直入雲天之勢，抬眼看去，見到一把由石塊打造的座椅。座椅之上，分明是孟小汀。

她一動也不動，應該已失去意識，一團濃郁黑氣盤旋在頭頂，好似蛛網層層散開。

萬幸，邪氣還未進入她體內。

三座高山罩下重重黑影，一道驚恐的男音打破沉寂：「你、你們不是——謝鏡辭？」

謝鏡辭循聲看去，在山腳下不易察覺的陰影裡，瞥見幾個面色慘白的修士。

應該是隨同夢魘去過雲京城的人。

……是了，所謂神明臨世，他們作為信徒，定要來瞻仰一番，所以村落裡才會顯得荒無人煙。

她身側的少年眼珠子一晃：「謝、謝什麼辭？你們認識？」

這小子真是睡懵了。

「今日神臨，容不得你們在此撒野！」一個男人怒吼，向前幾步，做出迎戰姿態：「大人大發慈悲放過你們一命，你們莫非還想恩將仇報！」

「不好意思，『恩將仇報』這個詞不太準確。」莫霄陽扛著長劍冷笑：「準確來說，我們是想把那團黑乎乎的髒東西大卸八塊、五馬分屍、大快朵頤、兩肋插刀、庖丁解牛！」

他才是成語小天才，要論成語，沒人能比過他！

「外交部發言完畢。」謝鏡辭微微一笑，極有禮貌的模樣：「有誰要先上嗎？」

夢境。

還是夢境。

被黑霧籠罩後，孟小汀一直在做夢。

其實那算不得多麼脫離現實的怪異幻夢，一切因果有跡可循，與其說是沒來由的幻象，反倒更像她人生裡的真實寫照。

她是個很糟糕的人。

被娘親懷著複雜的心情生下來，在江清意失蹤之前，從未見過自己的親生父親，打從一開始，就是個不被期待、慘遭拋棄的小孩。

夢裡的娘親淚流滿面，對她歇斯底里：「我為什麼要把妳生下來？他根本不愛我們……沒用的拖油瓶！」

孟良澤更不喜歡她。

她永遠也忘不了，當自己拿著信物去孟家尋他時，男人滿眼的震驚與排斥。那天他支支吾吾，彷彿孟小汀不是他女兒，而是一隻突然闖進府邸的野狗或小蟲。

後來居然是林蘊柔聞訊趕來，倚在門邊冷笑：「怎麼，這麼快就忘了你當年的摯愛？既然敢生，有什麼理由不敢養？」

夢裡的孟良澤不屑正眼看她，語氣裡盡是毫不掩飾的厭煩：「妳為什麼要來孟家？知不知道因為妳的出現，讓我蒙受多少羞辱！妳就不該被江清意生下來……沒錯，妳為什麼要被生下來？」

學宮裡的同齡人都看不起她。

最初她對世家大族的生活習慣一竅不通，保留著與娘親生活時的習慣，那些孩子嘰嘰喳喳圍在她身邊，說她可笑至極，一個鄉巴佬。

後來私生女的消息逐漸傳開，他們譏諷她尷尬的身分，也嘲笑她娘親不知羞恥，可明明……明明她娘親，才是最先遇見孟良澤的那個。

夢裡的小孩穿著學宮外袍，模樣一直在變，無論相貌如何，臉上始終帶著嘲弄的笑：「誰願意喜歡妳，和妳做朋友？跟妳這種人待在一起都是晦氣。」

在最後，夢境變成一柄生鏽的劍，一把破碎的琴，一疊七零八落的符紙。

這都是她毫無天賦的領域。

學宮裡的天之驕子們個個天賦異稟，她茫然地夾在中間，不知何去何從，只能變成汪洋大海裡最不起眼的一顆水滴，一輩子無聲無息，直至死去，都掀不起任何風浪。

她想起學宮裡的竊竊私語。

許多人的唇齒張開又閉攏，口型無聲，編織成兩個大字，重重敲在她心頭上。

沒用。

她也不想這樣啊。

誰不想要一個完整的、被父母疼愛著長大的家，一身足以驚豔所有人的天賦，一群推心置腹的夥伴，和一段無災無憂的人生。

可當孟小汀按照娘親所說的那樣，笑著靠近身邊每一個人，得來的往往都是厭煩與嘲笑。

「私生女」的身分好似一道永遠不會消退的烙印，如影隨形。

她不知道該前往何方，只能一遍遍徒勞地微笑，讓自己看上去顯得不那麼可憐可悲。

「妳看，世界就是如此。」在漫無止境的夢裡，有團黑霧緩緩浮現，雌雄莫辨的嗓音繚繞在她耳邊：「妳並沒有做錯，卻不得不承受這麼多的苦難。繼續留在這裡有什麼用？不如同我一道步入夢想鄉，到那時候，妳能擁有一切。」

父母的寵愛，同窗的羨慕，遠遠超出所有人的天賦。

只要她想，只要她再往前一步，只要她聽從「神明」指引，心甘情願匍匐於它腳下——所有夙願，都能在另一個世界變為現實。

凝視著少女黯淡的眼眸，夢魘不緊不慢，心生笑意。

只差這一步了。

只要澈底攻陷她的識海，它就能獲得嶄新軀殼，修為大增。

到那時，無人奈何得了它，它將以夢為媒，成為真正的神。

混沌夢境裡，聽不見其他聲音。

可不知為何，孟小汀總覺得，似乎有人在叫她的名字。

那道嗓音清凌悅耳，好似冬日裡一捧雪華，純潔無瑕，令人情不自禁想要靠近。

孟小汀。

那人一遍遍地，聲嘶力竭地叫她。

怎麼會有這樣的錯覺。

理應不會有人在意她，更不可能有誰願冒著生命危險，來孤雲山救她。

她一遍遍做著那個噩夢，自己茫然無措，哭泣著等待一束光亮，可四周盡是黑暗，沒有任何人靠近。

爹爹、娘親、學宮與家中形形色色的人。

有道聲音告訴她，今日她註定死去，哪怕丟了性命，也不會有人為此感到傷心。

可是——

「孟小汀——！」

夢境嗡地顫動一下。

方才還悠悠哉哉的夢魘，突然渾身一滯。

……不可能。

它在心中安慰自己，雲京城的人們之所以能夠醒來，全因藺缺驅散邪氣，再由旁人指引，才得以脫困。

無論如何，不管是誰，都不可能憑藉自己的意志醒來。

夢境又是猛地一震。

在無邊際的黑暗中，夢魘對上少女圓潤黑亮的眼睛。

「你——」孟小汀定定地看著它：「你把我，帶進了夢裡？」

它聽見呀擦一聲輕響，如同玻璃碎裂。

這不可能。

裂痕越來越大，肆意瘋長，無數鏡面破碎，無數黑暗溶解，它所構建的整個世界頃刻崩塌——坐於神座之上的綠衣少女，緩緩睜開眼睛。

孟小汀一陣眩暈，想要起身，卻動彈不得。

黑霧化作難以掙脫的鎖鏈，將她困於其中，動彈不得。

在她跟前，是寒風凜冽的峭壁陡崖。

以及一道無比熟悉的聲音，傳音入密裹挾而來，比夢裡更為清晰：「孟小汀——！」

她沒說話，嘴角因為這道嗓音，悄然溢出一抹笑。

夢魘失態地狂顫：「妳怎麼可能——」

「妳說得對，我的確挺沒用——出身不好，天賦不夠高，性格也不求上進。」孟小汀揚唇笑了笑，原本黯淡如死灰的雙眼中，忽然溢出一瞬華光：「但我勉強有個算得上的長處，想知道是什麼嗎？」

夢魘尚未從震悚中緩過神來，聽她稍稍一頓，繼續道：「我是個體修，在我十三歲的時候……」

「曾經一拳打破一隻低階魔獸的腦袋。」

沒有任何徵兆，拳風倏然而至。

本應被困在噩夢裡的少女右手高揚，黑髮於獵獵冷風中肆意飛舞，當拳頭與凝成實體的黑氣重重相撞，迸發出微弱卻沉緩的金光。

她是個體修。

所以不用拔刀或舞劍，只要掄起拳頭，就能隨時隨地捶爆煩人精的狗頭。

這不可能。

夢魘止不住地劇烈顫抖，它的夢境堅不可摧，區區一個金丹期的廢物丫頭，怎麼可能在不借助絲毫外力的情況下，從夢裡脫身而出？

更匪夷所思的是，她居然、居然敢動手打——

力拔千鈞的力道正中靶心。

擴散的靈力雖然不強，但在須臾之間快速攻來，猝不及防，完全超出它的意料。

緊緊裹在孟小汀腰間的黑霧散開一些。

——就是現在。

「我不會讓你掌控我。」

少女脫身而出，身形猛然一旋，對著近在咫尺的神座與黑霧，嘴角勾起高揚的弧度。

在她身後，是高高聳立的祭臺邊緣。

狂風大作,吹得長裙獵獵作響,如今雖是絕境,孟小汀卻揚起下巴,笑著睥睨它:「比起夢……在這裡,有我更想珍惜的人。」

右足後移時,一塊石子隨之滑落。

孟小汀深吸一口氣,眼底愈發濃郁的笑意裡,陡然生出一往無前的決意。

夢魘尚未來得及有所動作,立於祭壇之上的淺綠身影順勢後仰,伴隨著狂湧而來的疾風。

在夢魘怒不可遏的嘶吼中,孟小汀大笑出聲。

江清意失蹤時,她不過是個懵懂稚嫩的豆芽菜,關於娘親的記憶,大多數都已模糊。

但孟小汀始終記得見到她的最後一天。

那是個蟬鳴聲聲的仲夏夜,青蛙與蟈蟈的叫聲此起彼伏。

娘親突然面色慘白地推門進屋,將她藏匿於房屋角落的衣櫃,關上櫃門前,往她手裡塞了塊被紙條包裹著的玉佩。

「這塊玉絕對不能弄丟,知道嗎?」她渾身顫抖,連嘴唇都蒼白了,語氣卻格外柔和,輕輕告訴她:「還記得我們以前玩過的遊戲嗎?不能說話,也不能動,把自己藏好,不讓別人發現。」

那時的孟小汀似懂非懂,只能茫然點頭,又聽她繼續道:「村子裡的幾個叔叔、嬸嬸也想同我們一起玩,妳千萬記住,不要發出任何聲音,更不能被他們抓到,知道嗎?」

當然好啊!

她最喜歡玩遊戲，經常和村子裡的其他小孩比賽，沒有人能贏過她。

「娘親會和妳站在一邊，先替妳引開他們。」那女人告訴她：「等妳聽見我的笑聲，就悄悄打開櫃門，從窗戶跑出去——那些大人追得很快，妳必須一直往雲京的方向跑，越快越好，等到了半路，就把玉佩外的紙條打開。」

孟小汀一本正經地點頭，在最後一刻，娘親彎了眉目，朝她露出微笑。

她說：「小汀，不要回頭。」

那時孟小汀並不能理解那抹微笑的含義。

然後陸續有戴著白色面具的人進入屋子，她視野有限，聽得也不夠清晰，只能聽見類似「妳還有個孩子」、「跑了」的模糊字句。

娘親把他們引去了廚房，在廚房裡，看不見臥房中的景象。

孟小汀聽見一聲清朗的笑。

她手腳靈活，最擅長玩躲藏遊戲。

娘親的笑聲肆意而響亮，遮掩了她發出的窸窣輕響，當翻身越過窗外，孟小汀感受到撲面而來的風，情不自禁露出微笑。

她一直跑，沒有回頭，直到身後忽然竄起一束火光，照亮黑夜。

孟小汀回頭的時候，見到被火舌吞噬殆盡的，她與娘親的房屋。

江清意的笑聲卻愈發響亮，打從心底裡發出來，像是嘲笑，也似欣慰。

在女人尖銳的笑與連綿火光裡，沒有人注意到，在烈焰背後，有個不斷奔逃的瘦弱小姑娘。

江清意是個沒什麼出息的女人，在她乏味的一生裡，似乎找不出任何值得留念的時刻。先是在孤雲山的囚禁裡瑟瑟發抖生活了十多年，不敢聲張也不敢忤逆；後來僥倖從牢籠裡逃脫，遇見此生鍾情的第一個男人，又因身分懸殊暗生羞愧，不聲不響離開雲京。

就連在那個破落偏僻的村莊裡，她也因為生性膽怯，隔絕了與人的交流，蝸居在小小一處房屋。

當孟小汀打開那張裹著玉佩的紙條，見到稱不上工整漂亮的字。

等看清紙上內容，她終於沒忍住，倏然落下淚來。

那字跡生澀，由於是匆忙之中寫就，墨團糊滿了大半張紙：『帶著玉佩，去雲京孟家，尋孟良澤。』

正下方還有一行下筆極重的小字。

娘親一筆一劃對她說：『快跑啊，不要回頭。』

江清意懦弱了一輩子，最後卻在沖天火光裡縱聲大笑，用笨拙的字跡告訴她，不要回頭。

哪怕是關上櫃門的最後一刻，她都竭盡所能地微笑。

——「娘親，妳為什麼一直笑？好像從來不會哭。」

那天孟小汀迎著笑聲，咬牙淚流滿面，在簌簌火光裡，女孩的哭泣聲被埋在夜色裡頭，彷彿從沒存在過。

天生大膽無畏的人只有少數，世上多的是沒出息的膽小鬼，但人生這麼長，在漫無邊際的長河裡，總會遇到某一個人。

讓膽小鬼變得勇敢的某一個人。

一旦遇見那個人，了無生趣的平凡人生，也能熠熠生輝。

下墜的感覺不甚真實，四面八方皆是朝中央聚攏的風，孟小汀不能呼吸，下意識指尖輕動，捏緊袖口。

她不會選擇離開。

她才不是孤零零的一個人，無論從小到大。

有人對著她數年如一日地笑，也有人……在等著她一起回到雲京。

風聲如巨浪滔天，震得耳膜生生發痛。

狂風無止境地嘶吼咆哮，在澎湃巨響之中，忽然闖入一聲清澈嗡鳴。

那道聲音突兀至極，向她靠近，籠罩在鼻尖的，是股與血腥氣格格不入的花香。

耳邊傳來震耳欲聾的狂響，莫霄陽的劍一擊破開山頂神像。

雕塑自上而下轟然崩塌，引出齏粉陣陣，無數信徒尖叫嘶嚎。

伴隨刀光一現，有道身影攬她入懷。

「好險好險——妳是不是嚇壞了？」謝鏡辭的嗓音被狂風拍散，往四周蕩開：「我接得很準吧？」

孟小汀哈哈大笑，肆無忌憚。

還有人在等著她。

當她竭盡全力奔向那個人的時候，她知道，對方也一定會毫不猶豫朝她趕來。

正是因為這樣，她心底才會充斥著那麼多那麼多的勇氣。

「超級——超級準！」她順勢抱緊姑娘的脖頸，雖是在笑，眼淚卻不知為何落了下來：「最最喜歡妳了！」

謝鏡辭發出心滿意足的得意輕哼，揉一把孟小汀冰涼的臉，撫去滾燙淚痕。

「不要命了，不要命了！」有人顫抖著大叫：「那可是我們世代供奉的神明雕像！神罰……你們惹怒大人，神會殺了你們！」

莫霄陽沒理會他，嗓音噙著笑，大大咧咧地劃破長空：「喂，裴渡——！」

回應他的，是另一道更為冷冽霸道的劍氣。

遠山之上，另一座高高聳立的神像轟然破碎，石破天驚，只留下四散的餘灰。

幾個修士白眼一翻，有氣無力跌倒在地。

「如果是那樣的神明……」

謝鏡辭將孟小汀帶往地面，手中鬼哭刀鏗然一響，止不住煞氣滿溢。

她說著柳眉微揚，自唇角勾出淡薄淺笑：「殺掉的話，也沒關係吧。」

夢魘發了怒。

神像塌毀的巨響直沖雲霄，無數碎裂石塊自山巔滑落，帶起淺褐色煙塵。

在最高峰的陡崖之上，漫天黑氣騰湧不息，以不可思議的速度向四周擴散。原本只是團盤踞於神座的球體，此刻竟生出遮天蔽日的勢頭，橫亙綿延三座山頭，把陽光盡數吞沒。

這是元嬰巔峰的力量。

威壓無影無形卻排山倒海，所經之處狂風大作，一眾信徒止不住瑟瑟顫抖，皆是雙腿發軟，匍匐在地。

「大人，這都是他們的錯，不關我們的事……不關我們的事啊！」

「造孽，造孽！能為神臨獻身，是妳前世修來的福分，怎能中途逃開！」

「母女都是白眼狼！當初我們供妳娘親吃好喝好，她倒好，一聲不吭就溜了出去，若不是我們循著線索找到……」

這人話沒說完，便被一束刀光擊中頭頂，當場疼得尖叫出聲，喉嚨裡吐出一口鮮血。

「這麼喜歡獻祭，你自己去啊。」謝鏡辭眸光極冷，笑得譏諷：「說得這麼好聽，怎麼不見你掏空身體，把所有靈力獻給摯愛的神明？前世修來的福分啊，就這樣讓它溜掉了？」

她嗓音方落，忽聽崖頂陰風怒號，再抬眼，見到襲來的夢魘。

彌散的黑氣非虛非實，如同液體肆意淌動，而今竟彙聚成來勢洶洶的雙頭巨蟒，兩眼空茫無物、暗色翻湧，口齒大大張開，彷彿要把所見的一切吞吃入腹。

它速度極快，巨大的身影足以媲美巍峨高山，毫不猶豫往下俯衝時，陣陣邪氣化作鋒利刀刃，斬斷翠綠松柏。

也斬向一個又一個腿軟到無法動彈的人。

對於夢魘而言，這群愚蠢無能的修士不過是用完即棄的修煉工具。

它尚不強大時，便是靠汲取他們的靈力一日日成長，逐漸增至如今的元嬰巔峰；尋不到合適的身體時，亦是這群人四處搜尋，終於找來江清意。

真是可笑，它從頭到尾都在進行利用與剝削，只需要一兩個小小的、不易被戳穿的謊言，就足以讓這群人死心塌地，把它視作慈愛無私的神明。

只不過是一群螻蟻，無論碾死多少，都不會有絲毫情感波動。

此時此刻，它體內靈力飽和，留著這些人已無大用，唯一的目標只有那具身體，只要能得到孟小汀……

夢魘不介意清除道路上一切障礙。

雙頭巨蟒毫無顧忌的進攻，所過之處皆是血腥氣，山間哀嚎聲聲，不絕於耳，如同屠殺現場，淒慘至極。

尚未捋清情況的信徒們大驚失色，竭力撐起早就被嚇麻的雙腿，倉皇向遠處奔逃，心臟狂顫之間，是不敢置信。

為什麼會變成這樣？他們一致的敵人，分明是那群鬧事的外來人，然而虔誠信奉的神明，怎會對他們展開無差別屠殺？

更何況，他們所崇敬的神……不應該寬容和藹、不帶絲毫殺意嗎？

又是一陣悠長蛇鳴，散發著濃郁死氣的蛇頭朝地面一掃，好幾人被掀飛落地，皮開肉綻，好不狼狽。

充斥四周的哭聲更響了一些。

甚至有人淚流滿面地逃命，一邊往謝鏡辭所在的方向靠近，一邊哽咽著大喊：「救、救命！」

謝鏡辭避開席捲而來的氣浪，太陽穴突突地跳。

那怪物不顧形象設定，發瘋一樣清掃路上的阻礙，想必對孟小汀勢在必得。

這是夢魘的地盤，他們即便想逃，在重重追擊下，也肯定離不開孤雲山半步，唯一能活下來的辦法，便是拿命去賭。

心臟無比劇烈地跳動了一下。

如今分明是生死攸關的緊要時刻，謝鏡辭眼底，卻陡然生出幾分迫不及待的狂熱。

她已經很久沒有酣暢淋漓地揮刀過了。

「莫霄陽！」鬼哭暗光四溢，在黑潮下，謝鏡辭的嗓音顯得格外清晰：「它隨時都有可能突襲過來——保護好孟小汀，沒問題吧？」

手握長劍的魔修少年咧嘴笑笑：「看我的吧！」

長刀嗡鳴。

天邊光影變幻不息，黑霧湧動之中，即便偶爾滲進一縷微不可查的陽光，竟顯得慘白幽異，好似暗金色冠冕，懸在巨蟒頭頂。

在奔湧如浪的邪氣裡，謝鏡辭逆著人潮前行的身影有如滄海中的小舟，手中刀光卻勾連出星河般明朗璀璨的長河。

一道邪氣猛然靠近，長刀與凝成實體的黑霧相撞，迸發出尖利長鳴，不過須臾，黑霧便被生生斬成兩半。

黑氣越來越多。

夢魘不具備實體，因而不受空間的限制，形體變幻萬千，好似鋪天蓋地的劇烈風暴，從四面八方聚攏而來。

然而還不等謝鏡辭揮刀。

比風暴更早一步到來的，是道寒意凜然的劍光。

裴渡自山頂踏風而下，衣衫翻飛之際，劍氣層層蕩開，竟與元嬰修為的黑潮形成了對立之勢，勢均力敵之餘，隱隱還要勝過它幾分。

「謝小姐。」他嗓音清冽，因為護在謝鏡辭身前，看不見表情：「今日還需勞煩小姐，同我一併治退此物。」

他語氣淡淡，握著長劍的手卻不自覺暗暗用力，因不知她將如何回應，指節泛起蒼白顏色。

身後的謝鏡辭沉默一瞬，末了，兀地發出一聲笑。

這笑聲純屬情難自禁，因而音調極快極輕，像是突然拂過耳畔的一息風。

「說什麼『勞煩』。」謝鏡辭心情不錯，昳麗的眉眼間攜著淺笑，向前一步來到他身邊，用著半開玩笑、不甚正經的語氣：「能與裴公子並肩作戰，我求之不得。」

那道撫在耳朵上的風輕輕一旋，撩過耳膜。

少年低垂長睫，雖是抿了唇，笑意卻從眼底無聲流瀉而下，引出頰邊小小的圓潤酒窩。

「區區螻蟻——」

夢魘非男非女的嗓音氣勢磅礴，傳遍山野每個角落。

怒火紛如雨下，點燃源源不休的戰意。

黑霧四面橫生，若是以一人之力，自然無法與之相抗，但若是兩個，便能不再顧及身後的所有麻煩。

謝鏡辭出刀極狠，每次刀刃破風而過，都能引出細密如織的氣流。

裴渡雖然看不見她的身形，卻能感受到那股熾熱溫度。

絲絲縷縷的黑煙被逐一擊破，夢魘嘶嚎陣陣，似是怒極，周身湧出更濃郁的邪氣。

他一眼就能看出，那道氣息究竟是何物。

——當初擊中他的，並致使噩夢的邪術。

刀光劍影勢如破竹，邪術的力量被斬斷，然而霧氣無形，即便被擊潰大半，還是有少數悄然滲進血液與皮膚。

裴渡的動作凝滯剎那。

眼前浮現起無比熟悉的景象，孤月，殘陽，鬼塚荒無人煙，他渾身血汙、狼狽不堪，而在他身前，站立著姿態桀驁、目光冷然的謝鏡辭。

幻象時隱時現，她伸出手，遞來單薄紙頁。

退婚書。

「你能給我什麼？」衣著華貴的少女笑得諷刺：「以你這副模樣，怎樣才能配得上我？雲泥之別，還望公子認清身分。」

裹挾著腥臭的寒風掠過。

他本應惶恐失落，卻黑眸稍沉，露出一抹笑。

裴渡在心裡說。

妳不是她。

真正的謝小姐……就在他身邊。

她親口告訴他，與他並肩，求之不得。

她定然不會知道，這句無心之言於他，究竟有多麼重要的份量。

像是一顆甜進心裡的糖，軟綿綿裹在心尖上。

無論之前經歷過怎樣的蹉跎，生出過多少不平和卑劣的情緒，全都因為這份濃郁甘甜，倏地融化散盡了。

這是他全力以赴這麼多年，得來的最好答覆。

裴渡沉眸，揚劍。

劍氣匯作悠長龍吟，決然揮出之時，幻象轟然碎裂，靈力狂湧，惹出夢魘一聲痛極的哀嚎。

謝鏡辭凝神吸氣，視線上抬。

她足夠清醒，很快就反應過來，自己入了邪術編織的幻境。

進入裴渡的夢境，與真正來到自己夢裡，是兩種截然不同的感受。

夢魘深知每個人心中弱點，並以此為根基，編造出針對性極強的假像。不得不說，以旁觀者的角度審視自身弱點，是種很奇妙的感受。

她原以為會見到多麼血腥恐怖的場景，然而環顧四周，竟然置身於一處雜草遍地、水潭幽然的洞穴，不過轉瞬，身後便襲來一道陰冷疾風。

她看不見身後的情景，心裡只剩下一個念頭。

下一瞬，她就會因它而死去。

這應該是她當初祕境遇險時的記憶。

哪怕不記得當天發生的所有事情，可瀕死之際的恐懼感，卻還是牢牢留在了心底。

……什麼啊。

原來她害怕的，不過是這種東西嗎？

夢魘或許能看出她當時的絕望與顫慄，卻怎麼也不會想到，在那之後的謝鏡辭並未真正陷入昏迷，而是輾轉數個截然不同的小世界，迎來一段又一段人生。

對於她而言，死亡早就不是多麼新鮮的事情。

那一個個小世界變幻莫測，她命如浮萍，沒有停下來歇息的時候。

生命綿延沒有盡頭，死亡卻也如影隨形，她逐漸習慣，對一切不甚在意，唯一的念頭，是回家見一見熟悉的家人朋友。

她自認不是好人，性格更是差勁，就連天道尋來打工，給出的也全是惡毒反派劇本，在小世界裡眾叛親離，不被任何人喜歡。

孟小汀曾說，幸虧遇到謝鏡辭，才得以改變自己的一生，其實對於她來說，又何嘗不是如此。

沉迷練刀、對人際交往一竅不通的女孩從小到大形單影隻，當被孟小汀抽抽噎噎拉住手腕的時候，謝鏡辭沒告訴她，那是頭一回，有人願意同她做朋友。

因為遇見人生裡的第一個朋友，她才逐漸學會如何微笑，如何插科打諢，如何用最舒適的態度，與身邊的人相處。

人與人之間的奔赴，唯有彼此都在向對方竭力靠攏，那樣的情愫才真正擁有意義。

想和身邊的大家在一起。

也想讓他們……逃離既定的命運。

不過是死亡，她早就不再心懷畏懼。

鬼哭驟然上抬，圓弧清亮，迸發出無可匹敵的亮芒，猶如暗夜孤燈、深潭明月，蕩開浩然清泓。

更何況，此時此刻的情景與祕境裡相比，總歸有了不同。

她身後不再空空如也，有另一個人守在那裡，靜默無聲，卻也可靠至極。

謝鏡辭不知怎地，嘴角揚起一絲笑意。

可靠到……讓她暫時還無法想像，自己能與死亡扯上任何關係。

接二連三的重創，讓浮空而起的神明顫動不已。

山體因它的顫慄，石塊四散，天邊早已分不清究竟是暗雲流瀉，還是邪氣吞噬了蒼穹，在聲聲哀嚎之中，謝鏡辭長刀一動。

就是現在。

她與裴渡當了這麼多年旗鼓相當的對手，此刻無需多言，僅憑靈力相撞，便知曉了對方意圖。

刀與劍，一紅一白，一戾一冽，伴隨靈力驟起——

四周喧囂至極，也無比寂靜。

四處奔逃的信徒們盈著滿目淚水，恍惚抬頭之際，盡數停了動作，瞳孔倏然縮緊，下意識半張了唇，卻發不出任何聲音。

正在與黑潮相抗、將體力不支的孟小汀護在身後的莫霄陽神色一凜，黑髮被狂風掀起，拂過上揚的眼尾，引出一抹明亮笑意。

但見光華如雨，兩道截然不同卻彼此相容的氣息騰風而起。

有如天河倒灌、繁星垂空，白芒裹挾著冷戾血色，以破空之勢刺入天邊。剎時群山震盪，籠罩了半邊天幕的黑潮湧動不止，隨著一道悠長哀鳴，竟如被巨力貫穿的布帛——不只夢魘，就連那片騰湧滾動的穹頂，都彷彿被斬作兩段！

和所有話本的套路如出一轍，在夢魘被撕裂一條口子，從山巔頹然跌落後不久，雲朝顏與謝疏終於趕到。

一齣延續了數年的戲碼，在今日陰差陽錯迎來了結局。

原來夢魘支配此地，已有五六十年。

它不具備實體，修煉得比常人慢上許多，便靈機一動想出這個法子，專程尋來對世事心懷不滿、亦或急於復仇之人，為信徒們創造心想事成的夢境，自己則坐享其成，一點點汲取眾人靈力。

謝鏡辭與裴渡只有金丹修為，全力一擊雖然得以重創它，卻並未致死。

謝疏咋咋呼呼端詳許久，差點要圈養在家當作寵物，直到被雲朝顏擰了耳朵，才正色寫了封信，通知鎖妖塔前來抓捕。

得知真相的信徒無一不是痛哭流涕，他們大多數人被汲取靈力長達數年，身體透支得厲害，已然失去了再度修煉的能力。

得知所謂神明不過是種失蹤已久的邪祟，不少人當場氣到幾欲升天。

好在監察司不再待機吃乾飯，得知其中數人有難平的冤情，特地加派人手前來調查，承諾必讓真相水落石出。

最值得慶幸的一點是，在村中信徒的指引之下，孟小汀終於找到了娘親。

江清意多年來一直被夢魘附體，作為加速修行的工具，後來身體逐漸承受不住，每況愈下，它才離去，帶著幾名信徒前往雲京，尋找孟小汀作為下一具身體。

至於江清意，被耗盡所有靈力之後，識海枯竭，在一間木屋裡靜靜陷入沉眠。

所幸並未死去。

識海枯竭不等於宣判死刑，或許有一天，待她靈力漸漸凝結，能憑藉自身意志掙脫束縛，從無邊昏暗裡睜開雙眼；又或許有朝一日，他們幾人能尋得天靈地寶，強行把她的意識拉回來。

只要還活著，一切就有希望。

——以上種種，都是謝鏡辭從雲朝顏口中聽來的內容。

裝酷一時爽，爽完火葬場。

她拼盡全力打出石破天驚的一擊，待得收刀，情理之中地沒了力氣。

都說帥不過三秒，謝鏡辭連一秒鐘都沒帥到。

她本以為這就是最為倒楣的事情，大不了吭哧一聲摔倒在地，沒想到身體不穩、向旁側倒去的時候，居然被人順勢攬進懷裡。

近水樓臺先得月，除了裴渡，那人還能是誰。

他當時似乎也有些窘迫，沉著嗓子問了句：「謝小姐，妳還好嗎？」

她本來還算好。

被他一摟，莫名其妙就腦袋一炸，渾身上下都不怎麼好。

按照裴渡的性子，本應將她扶好站直，再很有禮貌也很有距離感地後退一步，說上一句「冒犯了」。

可裴渡那廝像是被夢魘附了身，唇角輕輕一抿，手沒鬆，直接來了句：「冒犯了。」

然後她就被抱住了。

——裴渡居然！當著那麼多人的面！不由分說就抱了她！

還是公主抱。

謝鏡辭情願他用扛麻袋的動作。

他明顯是頭一回使用這個姿勢，動作彆扭得像在演雜技，她淪為雜技道具，氣得不行，咬牙切齒。

謝鏡辭發誓，她當時絕不是心甘情願被他抱起來，而是因為沒了力氣，連動彈一下都做不到。

所以她絕對也沒有因為緊張或其他什麼亂七八糟的情緒，渾身僵硬。

裴渡知曉她脫力，向一名女信徒尋了間房屋，把謝鏡辭穩穩當當放在床鋪上。

雜技道具安穩落地，他鬆了口氣，還沒來得及說話，就聽從屋外傳來謝疏的嗓音。

之後就是照例的善後工作，裴渡出門為她爹娘講述來龍去脈，謝鏡辭呆呆躺在床上，被他觸碰過的地方微微發熱。

明明裴渡的手掌冰冰涼涼。

「總而言之，此番有驚無險，等你們回去，可以去燒高香。」

夢魘的攻勢又急又密，謝鏡辭難免受了點傷，當時情況危急還不覺得，等這會兒坐在床上，才覺出鑽心刺骨的痛。

雲朝顏為她擦好傷藥，忽而輕聲笑笑：「小渡還是很靠得住，對吧？」

謝鏡辭一口水差點嗆在嗓子裡：「幹嘛忽然提他。」

「妳可別忘記。」容姿清絕的女修微揚柳眉，抬手點在她眉間，意有所指：「你們二位還有婚約在身。當初妳爹物色了那麼多少年英才，能入謝小姐法眼的，可只有他一人。」

她說著一頓，笑意更深：「妳應下婚約這件事，本身就很有意思，不是麼？」

「我——」謝鏡辭噎住。

她當然記得，那日謝疏向她提及婚約的情形。

可她究竟為何答應，彼時心裡在想什麼——

如今細細思索，全是一團亂麻。

對啊，她一心只想同他爭個高下，怎麼會應下與裴渡的婚約？

謝鏡辭想不出答案，正在出神，忽然聽見雲朝顏「啊呀」一聲。

她從紛繁思緒裡抽身，甫一抬眼，就見到立在門口的裴渡。

他似乎沒料到雲朝顏會在房內，拘謹與怔忪一瞬，本欲開口離開，卻被雲朝顏搶了先：

「我正要去村裡看看，可巧你來了。」

謝鏡辭陡然睜大眼睛。

——才沒有！妳明明剛剛還在很興味盎然地八卦！

雲朝顏不理會她的反應，起身笑笑，看向少年手裡端著的瓷碗：「這是給辭辭的藥？」

藥，還是湯的。

謝鏡辭的表情更加崩潰。

什麼驚才絕豔的少年第一劍修，這就是個厄運神。

裴渡乖乖點頭：「這是謝前輩準備的靈藥，能讓謝小姐儘快恢復體力。」

「哦——」雲朝顏意味深長地瞥她一眼，面上笑容不改，甚至有逐漸加深的趨勢：「那你可得好好讓她喝下去——我先走了，多謝你能照顧辭辭。」

——這個惡毒的女人！明明知道她最討厭喝藥！

雲朝顏來去匆匆，走得毫不留戀，臨近出門，回頭朝謝鏡辭抿唇笑笑。

裴渡一如既往地呆，領著那團縈繞的熱氣一點點靠近，她還沒嘗到味道，就已經被苦味薰得皺眉。

這還不是最糟糕的情況。

在猝然接近的難聞氣息裡，謝鏡辭下意識想要伸手拒絕，卻發現由於沒剩下一丁點力氣，完全動彈不得。

……不是吧。

按照這種情況，她豈不是要讓裴渡來餵、餵藥？

謝鏡辭很想拒絕。

餵藥雖然是話本裡經常會出現的橋段，但倘若對象是裴渡，她絕不會生出絲毫曖昧的情緒，只會覺得很沒面子。

就像她成了個巨嬰，裴渡是鞠躬盡瘁死而後已的男媽媽。

「謝小姐。」他看出她彆扭的神色：「妳怕苦？」

「什麼叫『怕苦』，我才不怕！」謝鏡辭脊背一直：「這叫『不喜歡』，差別很大的。」

裴渡很低地笑了一下，坐上床前木凳。

他沒說話，伸過空出的另一隻手，修長冷白的手指逐一打開，露出幾顆蜜餞。

他本來的意思，是讓謝鏡辭自行來拿，等攤開手掌才後知後覺意識到，她連抬手的力氣都沒有。

鴉羽般的長睫輕輕顫了一下。

裴渡將瓷碗放在一旁，抓住其中一顆，送到她嘴邊。

蜜餞個頭不大，他又極為小心地捏在盡頭一端，謝鏡辭低頭含下時，並未觸碰到指尖。

然而哪怕只是那股陡然貼近的熱氣，也能讓他呼吸凝滯。

裴渡從未餵過藥，今日前來送藥的人選其實有很多，謝疏卻滿嘴跑馬，一邊說沒用的廢話，一邊把瓷碗塞進他手裡，把茫然的少年往屋子裡推。

……他在給謝小姐餵藥。

她吃了蜜餞含在口中，一邊的腮幫子微微鼓起，睜圓雙眼盯著他手裡的瓷碗，一副如臨大敵的模樣。

很……可愛。

一見到她，裴渡就情不自禁想笑。

小勺被送到她嘴邊，謝小姐出現了短暫的遲疑，像是在努力表現出不害怕的模樣，刻意板著臉，將藥抿下。

好傢伙，她大意了。

謝鏡辭差點原地成佛。

俗話說得好，我很醜，但我很溫柔。人人皆道人不可貌相，然而這碗藥，它是相由心生。長了副黑暗料理的模樣，不知道的還以為是某個女巫穿越來到修真界，做了碗咕嚕嚕冒泡泡的魔藥。

至於這味道嘗起來，連豬都要瘋狂搖頭，連夜飛天逃跑，要是餓得厲害，寧願吃掉自己，也不可能碰它一下。

裴渡還在說：「我聽別人說，吃下蜜餞，藥的苦味就散了。」

簡直是歪理邪說。

謝鏡辭被藥味衝得大腦空白，苦著臉脫口而出：「話本裡還說，可以用嘴對嘴的方式餵藥，肯定不會覺得苦呢。」

不對，她在說什麼奇奇怪怪的東西。

謝鏡辭話一出口，就覺得失了言，下意識補充一句：「我絕對沒想讓你這麼做。」

——可惡！好像欲蓋彌彰！

『身為霸道總裁，就應該強取豪奪，怎麼能欲蓋彌彰呢！』

當耳邊傳來一聲賊兮兮的笑，謝鏡辭就明白大事不好。

而系統，從來不負她的期望。

『恭喜！相應場景被觸發，臺詞正在陸續發放。』

『霸總 Alpha 人設載入中，請稍候……』

一條條字句浮現在腦海。

謝鏡辭看得目瞪口呆。

她聽見心臟碎裂的聲音，覺得自己要完。

「謝小姐。」裴渡的嗓音像是很近又很遠：「妳還要繼續喝嗎？如果討厭這種味道——」

「……『謝小姐』？」靠坐在床上的謝鏡辭低垂著腦袋，看不清神色：「你不覺得這個稱呼……太過生疏了麼？」

裴渡一怔。

「我不喜歡你這樣叫我。」她還是沒抬頭，語氣強硬，不容置喙：「不如換掉？」

裴渡按在瓷碗上的手指暗自用力。

萬幸謝小姐低著頭，才發現不了他耳根的滾燙。

不要叫「謝小姐」的意思是——

他慌亂地垂下眼睫，心中卻是欣喜若狂，彷彿有個小人蜷縮成一團滾來滾去，竭力抿下唇邊，止住浮起的笑意。

他在一點點靠近她，也一點點被她接納。

這個念頭甜如蜜餞，裴渡喉頭微微一動。

這是只有在夜深人靜的時候，當他獨自躺在床上，才會用無比低弱的音量，小心翼翼念出的稱呼。

每次悄悄念完，都會情不自禁露出微笑，放在心裡好好珍藏。

他的聲音有些啞。

彷彿觸碰某種易碎的寶藏，裴渡力道很輕，尾音溫柔得過分，經過耳膜，就像水般化開：「鏡……辭。」

然而謝小姐只是沉默。

她靜了一瞬，語氣淡淡：「只是這樣嗎？」

裴渡茫然愣住，又聽她壓低聲音，繼續道：「你過來。」

像一根看不見也摸不著的絲線，牢牢牽引著他，容不得反抗。

而裴渡心甘情願地聽從，傾身靠近她。

謝小姐微微偏了腦袋。

她的唇距離他的耳朵只有毫釐之差，音量壓得很低，帶著蠱惑般的笑意。

當她開口，酥酥麻麻的熱氣啃咬在他耳垂上，像一陣肆無忌憚的風，把耳朵的紅吹往整張臉上。

心跳快得無以復加。

謝鏡辭被藥味苦得紅了眼，靠在他耳邊說：「叫聲辭辭，命都給你。」

謝鏡辭：「……」

謝鏡辭:救命啊!她還沒把命給裴渡,就已經死在這句話上了啊啊啊啊!

謝鏡辭悲憤到大腦缺氧,差點以為自己兩腿一蹬,直接來到西方極樂。

近在咫尺的裴渡沉默半晌,因為彼此格外貼近,她能清晰見到對方通紅的耳根。

對不起,裴渡。

她心裡狂掉眼淚,覺得自己以後不用再叫「謝鏡辭」,可以直接改名換姓,叫做「對不起裴渡bot」。

屋子裡的氣氛安靜得讓人心慌。

謝鏡辭忽然聽見裴渡的呼吸,綿軟悠長,像棉花纏在她耳邊。

這種姿勢和話語……實在有些過於曖昧了。

她下意識想退,還沒退出多遠,就被人忽地按住腦袋。

裴渡的手很冰,按在她後腦勺上,稍稍一用力,就把謝鏡辭往他所在的方向帶。

這回他們澈底換了個姿勢,原本被迫傾聽的裴渡位於主導的一方,呼吸聲和氣息勾在她側臉上。

謝鏡辭想躲,卻沒有力氣。

裴渡的嗓音隱隱顫抖,雖是少年人冷冽乾淨的聲音,卻莫名帶著幾分喑啞,實打實的勾人:「……妳想聽?」

不不不,她不想。

——她的心裡絕對沒有一絲絲小期待，絕對沒有！

謝鏡辭沒出聲。

然後她聽見裴渡一聲輕笑。

與其說是笑，不如稱之為情不自禁發出的氣音，沒有實質的音節，像團熱氣落下來，灼得她渾身難受。

——他一定察覺了她耳朵和側臉上的紅，所以才會笑話她。

真是有夠過分。

清泉般的少年音倏然響起，裴渡念得生澀，像是有些緊張，每個字都咬得十足認真。

「……辭辭。」

謝鏡辭：「……」

救命，為什麼會有種靈魂出竅的錯覺。

她好像，真的，快沒命了。

更要命的是，接下來還有後續臺詞。

若說不緊張，自然是假的。

將謝小姐拉回來的動作純粹出於本能。

那時裴渡的大腦裡一片空白，眼見她要抽身離去，只覺是因為自己沒能念出那個稱呼，讓謝小姐心生乏味，於是興致缺缺地離開。

他一時心急，竟沒做多想，伸手直接按在她後腦勺上，不過須臾之間，自己便同她近在咫尺。

那個稱呼……即便是在夢裡，他都極少叫過。

天知道當那兩個疊字從喉間溢出來，裴渡的心跳有多麼劇烈。

……他真是完了。

就連將謝小姐的小名念出來，這種事都能讓他心中燥熱，像被什麼東西用力一揪。

辭辭。

謝小姐的耳朵很紅，一定是被他粗魯的動作嚇了一跳。

因為低垂著頭，她見不到他面上的模樣，因而裴渡才能把這兩個字在心底默默重複一遍，不去掩飾嘴角的笑。

他已經很久沒有這樣開心了。

忽然近在咫尺的姑娘微微一動。

因為湊得貼近，裴渡的唇幾乎貼著她的耳朵，當謝鏡辭稍有動彈，散落的黑髮軟綿綿拂過少年面龐，有些癢。

一個怔忪的功夫，她就從被動的垂著腦袋變了姿勢，長睫上抬，與他四目相對。

在狹窄的空間裡，呼吸交纏。

裴渡澈底不敢動彈。

「你脖子上有道傷口。」謝鏡辭直勾勾看著他的雙眼，語氣如常，甚至帶著幾分冰冷的生澀：「他們沒給你療傷嗎？」

與夢魘一戰，他們兩人雖未受到致命重創，但在那樣四面環合的殺機裡，總不可能全身而退。

謝鏡辭老老實實被塗了藥膏，這會兒一瞥裴渡脖子，在側頸往後的位置，一眼便見到開裂的血痕。

血痕不大，卻很雜。細細長長的好幾條，從脖頸蔓延到衣襟之下，在白玉般的皮膚上，暈開道道刺目的紅。

他被看得心亂如麻，垂眼別開視線：「傷勢不重，我自己擦過藥。」

從小到大，裴渡都不願勞煩旁人。

他在裴家寄人籬下，如履薄冰，因而凡事力求最好，不到萬不得已，不會給別人添麻煩。今日所受都是小傷，粗略擦點藥膏便是。就算哪裡出了疏漏，以這種程度的傷口而言，也能在不久之後自行癒合。

他一直都是這樣過來的。

「哦。」謝鏡辭往後退開一些，語氣裡聽不出情緒：「繼續喝藥吧。」

——這當然不是她的真實想法。

如果可以的話，謝鏡辭寧願無悲無喜躺上三天三夜，也不想被裴渡手裡的那碗生化武器汙染舌頭。

奈何她有系統。

還是個看熱鬧不嫌事大、整天變著花樣折騰她的系統。

霸道總裁必備的技能是什麼。

她可以不談判,不融資,甚至不去公司上班,但必須精通說騷話,把眼珠子變成扇形統計圖,以及按在床上親。

按在床上親。

在人物設定裡看見這幾個字,謝鏡辭險些心肌梗塞,和這個美好的世界說再見。

——這系統幹的是人事嗎?要她把裴渡按在床上親,還要紅著眼睛嗓音沙啞?士可殺不可辱,不!可!辱!

『紅眼給命按著親,霸總標配嘛。』系統許是久違地感到心虛,語氣飄忽:『妳好好熟悉一下臺詞——錯的不是我,是所有小世界,無論如何,系統都是無辜的。』

謝鏡辭只想爆捶自己的腦袋。

由於那個「按在床上親」的動作,她現在必須喝藥補充體力,否則繼續拖延,系統可能會破罐子破摔,直接來上一句:「男人,自己動。」

那她就真的真的再也沒臉見到裴渡了。

可謝鏡辭不想喝藥。

只要一嗅到那股味道，她就忍不住皺眉。

小勺又被裴渡遞到唇邊，謝鏡辭毫不掩飾厭惡，猶豫半晌，正打算張口，突然聽裴渡道了聲：「謝小姐。」

他還是下意識地習慣這個稱呼，見她抬眼，似是有些遲疑，把手裡的瓷碗舉向嘴邊。

裴渡喝了口藥。

他向來不懼苦痛，哪怕這藥的味道著實難捱，也不過眸光微沉，連眉頭都沒動一下：「我同妳一併嘗藥。」

這樣的話，她就不是一個人可憐兮兮吃苦味。

……雖然兩個人一起吃苦味，聽起來也還是可憐兮兮，但總歸有了伴，心裡能微妙地平衡一些。

這種前所未見的安慰方式，謝鏡辭哪怕再見多識廣，也忍不住暗暗道了聲「傻子」。

出乎意料的是，不知究竟是蜜餞起了作用，還是他的笨蛋心理療法大發神威，當下一芍藥入口，當真卓有成效的舒解，不再像最初那樣苦得銷魂。

謝鏡辭努力咽下：「你怎麼都不怕……不討厭苦味？」

「我也不喜這種味道。」裴渡像是仍在緊張，答得認真，尾音裡帶著笑：「因為心裡做了準備，所以勉強能接受。」

她更加好奇，雙眼睜得渾圓：「那你小時候呢？也能面不改色地喝藥嗎？」

裴渡溫聲:「我兒時很少喝藥。」

他小時候能不餓死就是奇跡,就算偶爾生了病,也只能靠自己硬生生熬過去,哪會有吃藥的機會。

裴渡說得含糊,謝鏡辭只當他幾乎沒生過病,若有所思「哦」了一聲。

湯藥入腹,散失殆盡的靈力重新凝集,如同春雨落在乾涸湖面,隨著水汽逐漸充盈,漾開綿柔的水波。

等喝完大半碗藥,謝鏡辭已經能隨心所欲地動彈。

見她並無大礙,裴渡鬆了口氣,暗暗攥緊手中瓷碗:「謝小姐,妳想出去……看看這個村子嗎?」

他刻意放淡了語氣,其實心裡緊張得要命。

這是他頭一回對謝小姐發出邀約,倘若她應了,裴渡定要迅速轉過身去,不讓對方察覺自己眼底的笑意;倘若她不答應……

那他反而要對著謝小姐笑一笑,道一句「好好休息」。

謝鏡辭沒有立即回答。

裴渡攥著瓷碗坐在床邊,如同靜候審判。

「我和你,兩個人一起?」她一針見血,直截了當戳穿了他的小心思,裴渡只覺耳後一熱,又聽謝鏡辭繼續道:「好啊。」

謝小姐答應了。

他用力把嘴角壓平，可縱使唇邊抿成了直線，瞳仁裡的笑意如何都無法掩蓋，如水光般柔柔溢出來。

正是在這一剎那，床上的謝鏡辭雙眼一彎：「不過在那之前，我們還得做一件事。」

還得……做一件事？

裴渡想不明白，茫然地對上她的目光，還沒開口，就見謝小姐抬起右手，往他所在的方向靠。

少女柔軟圓潤的指尖，緩緩撫上他側頸。

她的力道有如蜻蜓點水，輕柔得像是一陣風，自側頸往後，最終停在那道細長的傷口旁。

裴渡保持著微微仰頭的姿勢，一直沒動。

她低低笑了聲：「擦藥吧。」

不等他回應，謝鏡辭便側了身子，從床邊的木櫃上拿起儲物袋，伴隨白芒乍現，手中現出一個小巧玉瓶。

「這是天香膏，對外傷很有用。」她笑意不變，目光凝在裴渡頸間：「那道傷在後面一些，你側一側頭。」

於是他乖乖側身。

裴渡身量高挑，木凳又比床鋪更高，即便他偏轉了角度，謝鏡辭軟綿綿靠坐在床上，想往後頸上藥，也還是不太方便。

手指在泛了紅的皮膚上輕輕一觸，又很快挪開。

她的語氣一本正經，聲音是沒什麼氣力的軟：「我還是沒什麼力氣，恐怕沒辦法站起來……這樣子上藥，好像不太方便。」

『套路，都是套路。』系統嘖嘖：『妳明明已經恢復了大半體力，卻在這裡下套勾他。這心機，演技不錯哦。』

這能怪她嗎！

謝鏡辭咬牙切齒，在心裡第無數次給它一拳。

系統給出的臺詞和動作簡直不堪入目，每看一句話，她都要為自己被玷汙的眼珠發出一聲痛哭。

按照霸總經典套路，餵藥必然是感情升溫的絕佳時刻。

期間曖曖昧昧醬醬釀釀，受到金絲雀無意的挑撥，霸總狼性覺醒、反客為主，一把將金絲雀撲在床頭，一番玩弄。

沒錯。

如果按照最正統的劇本走，裴渡這會兒已經被她撲在床頭。

可她能這麼玩嗎。

一旦當真那麼幹，她的歡聲笑語將徹底變成音容宛在，七天之後再回來，說不定能趕上自己的頭七。

謝鏡辭要臉，只能一步步誘他上鉤。

裴渡哪會知曉人心險惡，聞言認真思索須臾，正色應她：「我可以低一些——」

謝鏡辭：「不如這樣，我們換個位置。」

這句話說得直白，他瞬間愣住。

「沒問題吧？」偏生謝鏡辭似乎對此並不在意，順勢一動，竟然當真坐在床沿，為他讓出一片空位：「等擦完藥，我們就一起去村子裡看看。」

裴渡不記得自己是怎麼上了床。

他本是渾身僵硬地平躺，可謝小姐卻輕笑一聲，提醒他傷口在身後，於是只得忍下羞意，把身體翻轉過來，變成趴伏的姿勢。

這個動作……有種不明緣由的羞恥。

尤其是當身體陷入被褥，湧動在四周的，盡是謝小姐的香氣與溫度，他只要淺淺呼吸，就能緊張到脊背僵硬。

因為背對著她，裴渡看不見謝鏡辭的動作，只能感受到一團細膩溫熱的柔軟掠過後頸，為他撫去雜亂的黑髮。

少年把整張臉埋進枕頭，胸腔裡的震動清晰可辨。

然後在下一瞬，心跳陡然加快。

若是尋常的上藥，只需把藥膏塗抹在傷口就好，謝小姐的指尖卻輾轉片刻，兀地用力。

有股熱流順著她的指尖，經由條條經脈，傳入他血肉之中。

……謝小姐在為他傳輸靈力。

謝鏡辭的氣息宛如洪流，不由分說滲進骨血，將裴渡的神識層層包裹，再漸漸潛入其中。

這是帶著點侵略性的、霸道的進攻。

可當靈力散開，卻又溫柔得不可思議，以迅雷不及掩耳之勢蔓延到四肢百骸，讓少年眸光一暗，自喉間發出微不可聞的氣音。

神識交互，並不算多麼難以啟齒的曖昧舉動。

在此之前，裴渡從未有過此等經驗，因而也絕不會想到，當這種事情被謝小姐與自己做出來，會是這麼的……

她的力道似有若無，所經之處被熱氣填滿，帶動一道道密密麻麻的電流。

在那場夢裡，被謝小姐咬住脖子時奇怪的感覺……又重新出現了。

裴渡什麼力氣都不剩，下意識攥緊枕頭，咬牙不發出聲音。

謝鏡辭面如死灰。

孟小汀曾和她嘗試過這種手段，只覺得像是通了點，連骨頭都劈里啪啦炸開。她們都受不了這種撓癢癢似的感覺，再也沒用過第二次。

她能看見裴渡耳朵上越來越深的紅。

起初還只是一點緋色，後來她的靈力越來越多，他沉默著沒出聲，那抹緋色卻迅速加深，從耳朵一直蔓延到脖子上。

對不起。

謝鏡辭強忍指尖顫抖，在心裡默默掉下眼淚。

她也不想這樣，可作為一個狂霸炫酷的霸總Alpha，她必須給自己的金絲雀灌入費洛蒙。

——垃圾系統毀她清白，把靈力傳輸和費洛蒙交換劃上等號。

傷口隱隱發痛，被靈力環繞的血肉與骨頭卻在發麻。

這根本就……不像在療傷。

裴渡努力不讓自己顫抖或發出聲音，在心裡暗罵自己無恥。

謝小姐定是存了關照之意，所以才為他療傷，他卻生出了不合時宜的旖旎心思，肖想著雪月風花，甚至……甚至想要長長久久地，永遠沉溺在這份曾經不敢奢求的溫柔裡。

耳邊忽然傳來謝小姐的嗓音。

她語氣淡淡，莫名帶著冷戾孤傲：「喜歡這種感覺嗎？」

謝鏡辭略作停頓，雖是含了笑，卻篤定得不容置喙：「喜歡的話，發出聲音也沒關係……我想聽。」

心被猛地一揪。

裴渡用力蜷起指節，只覺得有股熱流在血液裡轟地爆開，燙得他大腦空白。

謝小姐她——

「想聽茶樓裡說書先生講的《萬道寶鑑》，等我們回到雲京，一起去喝茶吧。」

懸在半空的心臟軟綿綿落下去。

他真是……整天在胡思亂想什麼，謝小姐怎會講出那般奇怪的話，只有他在自作多情。

裴渡似是有些失落，緊繃的身體倏然卸了力道，他仍是背對的姿勢，因而看不見床邊人的模樣。

謝鏡辭的雙眼已經失去光亮。

——救！命！啊！

這種羞恥至極的臺詞是真實存在的嗎！還好她急中生智力挽狂瀾，不然絕對會被裴渡當成變態吧！這麼喜歡聽，去聽相聲啊總裁！

她永遠愛茶樓裡的說書先生，感謝先生救她狗命。

視線來到下一句臺詞。

謝鏡辭一口氣堵在心上。

她心緒如潮，絲毫沒有注意到，從指尖淌出的靈力出現了劇烈波動。

靈力傳輸與心境關聯很大，原本還是沉穩安靜的涓涓流水，這會兒猝不及防成了開閘洩洪，謝鏡辭毫無知覺，身下的裴渡卻是呼吸一滯。

他把臉埋在枕頭裡，眼前盡是黑暗，對於周身事物的觸覺也更為敏銳。

靈力綿綿不息，流動得毫無章法。

好似一簇簇翻湧而至的水潮，有時拍打在岸邊，激起千層細浪，觸碰一瞬便即刻退開，又在其他地方很快出現，不留絲毫喘息機會，步步緊逼。

他咬牙，勉強止住聲線裡的顫抖：「謝小姐……」

『眾人皆知，謝鏡辭清冷矜貴、目中無人，直到某天，竟有人看見她雙眼猩紅，將裴家小公子壓在床上親！』系統看得笑出雞叫，很貼心地配上旁白：『但見她左眼涼薄，右眼情深，稜角分明的側臉宛如雕塑，透出令人心驚的邪魅與柔情。黑曜石般的雙眸冷酷無情，沉默半晌後，謝鏡辭冷笑一聲，啞著嗓子開口——』

謝鏡辭雙眼猩紅，被系統逼急的。

啞著嗓子，被藥苦的。

至於左眼涼薄右眼情深，可能是這位總裁戴錯了變色片。

「受不住了？」謝鏡辭冷笑，語氣裡帶著三分霸道六分冷漠，以及一絲滿足般的歡愉：「自己點的火，就應該自己來滅。」

——滅你妹啊！乾脆和滅火器結婚吧，這啥跟啥啊！她能被點起哪門子的火啊！

謝鏡辭心裡的小人已經哭到快要嘔吐。

只剩下最後一句話，還有一個動作。

只要完成它們，她就能澈底解放，跟霸總劇本暫時說拜拜。

裴渡，對不起。

作為工具人男主角，你真的太苦太苦了。

還有自己，對不起。

如果不是一年前的那起意外，你也不至於淪為天道的打工仔，被迫在這種鬼地方，親身踐行那——

謝鏡辭無言仰頭，欲哭無淚。

那「按在床上親」。

裴渡沒看過亂七八糟的話本，聽不懂謝鏡辭那句話的意思，只覺得身下發熱，躁動不休。

……他真是完蛋了。

他呼吸驟亂，直覺不能再任她繼續，倉促側過腦袋，嗓音是連自己都未曾想到的喑啞：「謝——」

一個字出口，雙眼便被不由分說地捂住，強迫他重新回到枕頭。

「別動。」

眼前沒有一絲光亮，裴渡被她按在床頭，反抗不得，少有地緊張到無措。

謝小姐的聲音，似乎比之前靠近了一些：「亂動的話，我不保證會發生什麼。」

她的指腹仍然按在他後頸，稍作停頓，不動聲色地移走。

不過頃刻之間，原本手指所在的後頸上，又覆上了一道極輕的、綿軟的觸感。

像是手指……卻比它更為熾熱，輕輕一碰，就立即彈開，徒留一片殘存的溫。

裴渡兀地屏住呼吸，渾身上下的血液如同停止淌動，成了根僵直的木頭。

那是——

第十四章 真心

裴渡知道，他無論如何，都不應當生出那樣天馬行空的、逾越的念頭。

可當後頸上的觸感輕飄飄落下，又在轉瞬之間消散無蹤，他還是一時間忘了呼吸。

謝小姐方才是不是……用嘴唇碰了他後頸？

心口的熱氣噴湧而出，再砰砰炸開。

他前所未有地感到臉頰滾燙，既想立刻轉身一探究竟，又憂慮著不過是他自作多情，一旦真相被揭開，這份鏡花水月般的狂喜便成了笑話。

謝小姐捂在他眼前的手掌稍稍一動。

「……方才見那裡沾上血汙，就順手幫你擦掉了。」

其實是用下唇。

系統白紙黑字寫了「按在床上親」，謝鏡辭雖然不能忤逆，但能偷懶啊。

她心思何其活絡，毫不費力便想到了解決之法，一步步誘著裴渡來到床前，再以擦藥為名，暗戳戳在他脖子上烙下一個吻。

謝鏡辭做賊心虛，迅速鬆開放在他眼前的手，心裡忍不住得意，朝系統比了個中指。

翻來覆去折騰這麼久，早知道想親一下裴渡這麼累，她還不如直接打暈他——

不對。

謝鏡辭恍然一怔。

不對不對，她方才可是……親在裴渡後頸上。

不是什麼能夠被一筆帶過的簡單觸碰，而是用嘴碰了他，四捨五入，能算作她的初吻。

——結果她居然沒生出一丁點的暴怒和不情願，而是在很認真地思考，應該用什麼方式親他更方便？

怎麼會這樣。

她腦子被僵屍吃掉了？

床上的少年無言撐起身子，以低頭跪坐的姿勢微微偏過頭來。

不知出於什麼原因，裴渡面上盡是緋色，一雙細長的鳳眼往外輕勾，漾出不易察覺的紅。

他只瞥她一眼，便很快垂下視線：「多謝謝小姐。」

「你我之間不必這般客氣。」

謝鏡辭被那個突然冒出來的想法折磨得神志恍惚，只覺臉上一點點升溫加熱。

眼前的景物似是毫無變幻，卻又彷彿扭曲成了大字一般的形狀，她從字縫裡看出字來，才發覺滿目都寫著「這個人被我親過這個人被我親過」。

向來沒心沒肺的謝小姐，十分少有地感受到了何為「做賊心虛」。

「畢竟大家也算是朋友你不用太見外，對了你不是想帶我去村子裡逛一逛嗎走走走！藥後散步走，活到九十九，聽過這句話嗎？應該沒有吧畢竟是我瞎編的哈哈。」

啊可惡！她怎麼突然開始胡言亂語！

謝鏡辭在心裡惡狠狠咽下眼淚，順勢轉身朝向門口：「順便可以把藥碗還回——」

未出口的言語全被堵在喉嚨裡。

當她轉身的剎那，一抬眼，就在門邊望見兩道不知道站了多久的人影。

什麼叫流年不利，禍不單行。

根據「得知噩耗，手裡的瓷碗必被摔碎／縫衣的人必被扎傷手指／做菜必被劃破手指頭」定理，謝鏡辭手一顫，藥碗差點落地。

「你們完事啦？」孟小汀嘴角帶著意味不明的笑：「我和莫霄陽聽說你們在這兒，就特地來看看。」

「嗯！嗯嗯嗯！」莫霄陽一本正經，兩眼瞪得像銅鈴：「我們什麼都沒看到，真的！」

——你這有點太欲蓋彌彰了吧！不，簡直就是掩耳盜鈴啊！所以你們到底在門邊站了多久啊！

她完蛋了。

謝鏡辭心如死灰，在這兩個不明真相的八卦群眾眼裡，她的人設鐵定瞬間蒸發，從誰都不愛的刀修成了癡漢。

還是那種處心積慮、撒盡謊言，只求能親吻裴渡一下的超級變態癡漢。

「放心吧辭辭！」莫霄陽僅憑一句話，就把他們兩人的旁觀行徑出賣得澈澈底底，孟小汀眼看瞞不過去，豎起大拇指，對她傳音入密：「我們絕對不會把這件事告訴裴公子！妳儘管大膽飛，我和莫霄陽永相隨！」

她和辭辭從小一起長大，從沒見她對哪個男人露出這般柔情，小心翼翼不說，居然還玩起了偷親。

以謝鏡辭雷厲風行的性格，必定對裴渡傾慕到了骨子裡，才會做出這般姿態。天可憐見，真不知道她壓抑了多少時日，辭辭，妳好慘吶！

多麼難能可貴，真愛，這絕對是真愛！

她嗑到了。

莫霄陽亦是劍眉一擰：「謝小姐，我的嘴最牢了！任何人都不可能從我口中套出一句話。交給我們，妳就放心吧！」

他一直以為謝小姐的摯愛唯有鬼哭刀，沒想到鐵漢也有柔情。

看謝小姐那蜻蜓點水的動作，滿含著無盡憐惜，她定是愛極了裴渡，才會在一瞬間的觸碰後立即離開，不願被他察覺。

多麼卑微，卻又多麼溫柔，真愛，這絕對是真愛！

他嗑到了，甚至為她想好了旁白：這是謝鏡辭放在心尖上的男人，只有在他不注意的間隙，她才敢悄悄碰他。

莫霄陽在心裡抹了把老淚。

好傢伙，虐戀情深就在他身邊。

謝鏡辭一口血梗在心上：「不是不是！你你你們成天都在想什麼？我我我對他絕對沒有非分之想，不要亂猜！」

她她她怎麼結巴了！她暗戀裴渡？她和鬼哭刀成親都不會暗戀裴渡！

但謝鏡辭悲哀地發現，她解釋不出來。

系統的存在只能她一人知曉，在旁人眼裡，沒有所謂「人設」的強制力，她的確趁裴渡不備，蒙了他的眼睛偷親。

要死。

「方才我們一進屋，就見到謝小姐伸手擦拭血跡的景象。」莫霄陽很仗義地替她圓謊：「我還是頭一回見到，謝小姐做出這麼溫柔的動作。」

「對對對！」孟小汀緊隨其後：「辭辭已經很久沒對誰這麼有耐心了。」

她意有所指，說話時刻意盯著裴渡瞧，末了加重語氣：「好－羨－慕——」

謝鏡辭：「……」

你們兩個為什麼也會變成類似「少爺已經很久沒對誰笑過」的工具人啊！

裴渡身處風暴之外，對傳音入密的內容渾然不知，這會兒聽見兩人這段話，心頭像被什麼東西輕輕撞了撞。

原來謝小姐當真只是在替他擦拭傷口。

可是……

除卻淡淡酸澀，自少年心間漸漸浮現的，亦有止不住的清甜。

謝小姐絕非同情心氾濫之人，她願意耐著性子為他擦拭，說不定……在謝小姐心裡，他是有一點點特別的存在。

這已經足夠令他欣喜若狂。

「我聽說，妳娘親找到了。」謝鏡辭不想繼續這個話題，轉眼望向孟小汀：「她當前如何了？能帶我探望一番麼？」

之後總算和陰差陽錯的暗戀戲碼拉開了距離。

這個被「神明」照拂的村落一夕之間模樣大變，幾乎被抽空靈力的修士們鬧哄哄，快鬧翻了天。

眾人的心思截然不同。

有的認為夢魘欺人害人、將他們如同傻瓜般耍得團團轉，實乃萬惡不赦；有的惱怒夢境破碎，願付出全身修為，只求再回到夢中；更有甚者提出想和夢魘一同被關進鎖妖塔，哪怕被妖魔鬼怪撕碎，也要在美夢裡死去。

「真是瘋了。」莫霄陽道：「他們在夢裡生活太久，已經忘了該如何正常生活——虛假的幻夢，當真能讓人如此沉迷嗎？」

周公夢蝶，蝶亦夢周公。

修士們憑藉神識感知世界，而在夢裡，亦是靠著來神識驅動。當他們沉浸於幻夢，編織出另一個全新的世界，對於夢中人而言，說不定在那裡，才是他們更熟悉的「真實」。

說到底都是一段經歷、一番體驗，只要擁有清晰的神識，是真是假，似乎都並不那麼重要了。

江清意被安置在一間小屋裡，日光飄忽下沉，落在她臉上，映出的卻是了無生機。

這是個極美的女人，看上去不過二十上下的年紀。

她和孟小汀有五分相像，比起天真懵懂的女兒，充斥於她眉目間的，更多是殘月般靜謐的哀婉之色。加之柳眉微蹙、面無血色，乍一看來病意難消，然而正是這副單薄的身體，為女兒搏來了無病無災、能像常人那樣活下去的未來。

「娘親不知何時才能醒來，但我能等。」孟小汀看著她，眼底不自覺生出柔和笑意：「畢竟修真界裡，每個人都能活很長很長嘛。」

從前她過得渾渾噩噩，沒有想要爭取的東西，也沒有為之努力的理由，如今已截然不同。為了那個願望，孟小汀願意咬著牙拼了性命地修煉，金丹、元嬰，乃至化神，把生命一點點拉長，然後靜靜等待某一天，活著與娘親再見。

她會好好地、好好地活下去。

「說起江姨，」莫霄陽撓頭，「孟小汀她爹，孟良澤好像出事了。」

謝鏡辭一下子就想起那個引他們前往祭壇的少年，幸災樂禍地冷哼：「壞事敗露，被監察司抓啦？」

莫霄陽嘖嘖：「正是。」

當年孟家子女搶奪繼承人之位，孟良澤雖是嫡出，卻沒什麼太大的能耐，為賺取更多錢財、顯得自己不是那麼廢物，這一來二去，就走上了歪路。

殺害競爭商販、入黑市販賣禁物，不光鮮的手段層出不窮，也正是憑藉此，金庫裡終於有了一些起色，得來與林蘊柔成親的機會。

如今那少年不停哭訴喊冤，將他所做的醜事一件件往外抖，雖然目前還尋不到證據，但想必時日一長，孟良澤吃牢飯是板上釘釘，沒跑的事兒。

「其實除了個別心胸狹隘、見不得別人好的傢伙，這裡大多數修士，都曾經歷過冤屈。要麼因為沒有證據，要麼因為仇家勢力龐大，尋冤無門，才心甘情願墜入夢中。」

莫霄陽道：「這件事鬧得很大，除了監察司，還有不少大能聞風而來。有他們作擔保，作惡之人定會被逐一查出——恐怕修真界裡，即將有場大變動了。」

莫霄陽所料不假，不過數日，各地便陸續傳來落馬的消息。

夢魘想汲取更多靈力，自然不可能選擇一無是處之人。

在村落裡待著的，要麼是曾經金丹及以上的修士，例如殷宿，要麼體質特殊，例如琳琅坊帳房先生的同鄉。

前者修為不低，在修真界已有一定地位，能將其逼得走投無路之人，自然身居高位。

修真界並非法外之地，驚天八卦一個接著一個，人們瞠目結舌、大呼過癮，不過對於謝鏡辭來說，看熱鬧固然有趣，然而這段時日最應當被放在心上的，還是千燈會。

千燈會是雲京城裡一年一度的盛事，設於春冬交替之際，講究辭舊迎新、心想事成。

大會當日，街頭商販店鋪林然而立，熱鬧非凡，更有千家燈火、萬盞明燈相伴，其中流燈許願，寄託了雲京住民整整一年的祈盼。

他們一行人自孤雲山歸來，好生修養了幾日，萬幸期間系統沒再作妖，讓謝鏡辭得了短暫的空閒。

一切都往正常的軌跡緩緩靠近，除了孟小汀和莫霄陽看她的眼神越來越不對勁，堪稱如狼似虎，就差晃著她的肩膀問她：「妳怎麼還不下手！還不下手！」

最終，這種恨鐵不成鋼的目光澈底質變，成為了老父親老母親一般的：「別擔心，一切放在我們身上。」

謝鏡辭隱隱有種預感。

這個千燈會，不會過得太好了。

夜色降臨，千燈會也拉開序幕。

謝鏡辭與裴渡、莫霄陽居於謝府，孟小汀死劫已過，回了孟家，至於江清意則被藥王谷收留，以谷中靈力為引，助其早日醒來。

因而今晚，他們三人得先去琳琅坊前與孟小汀會面。

「我的天，這光，這燈，這樓！」莫霄陽興奮得鵝叫不停，兩眼放光：「人間仙境！美輪美奐！閉月羞花！傾國傾城！」

裴渡安靜抬眼，眸間亦是溢著淺光。

繁燈如星，黃昏如晝。

五顏六色、千姿百態的小燈被懸在房檐樹梢，流淌出華光，重重樓閣好似天邊瓊宇，瑩瑩生輝，置身於其間，恍若星河傾瀉，落在眼角眉梢。

唯一提心吊膽的，是謝鏡辭。

燈會，等同於舞會、運動會、校園文藝晚會。

只要有個「會」字，在旁人歡歡喜喜的同時，男女主角之間必定感情升溫，擦出這樣那樣的火花。

倘若系統當真在這種時候讓她做出什麼……

謝鏡辭就不僅是社會性死亡，而是社會性猝死、五馬分屍、靈車甩尾、澈底火化一條龍。

街頭巷尾的笑聲與叫賣聲不絕於耳，串成絲絲縷縷綿延如織的細線，盤旋在耳邊。

而恰是此刻。

謝鏡辭聽見一聲笑。

系統一定是墨菲定律的忠實愛好者。

——它。來。了。

『叮咚！』

『位面發生偏轉，檢測到人設崩塌轉移，請注意，人設轉移！』

『恭喜！全新人設，「迷糊甜心的憂鬱公主殿下」已發放，請注意查收！』

迷糊甜心的，憂鬱公主殿下。

謝鏡辭眼前一黑，用盡全身上下最後一絲勇氣，把視線往下移，來到劇情簡介。

『他，一個普普通通的平凡少年，卻陰差陽錯進入了全球第一的金坷垃學院！

她，目中無人的財團繼承人，冷酷、淡漠、無情暴戾，動一動手指頭，就能讓無數集團破滅！神啊，他平凡至極，可為什麼她、她、她，還有她，全都對他那麼奇怪？永不服輸的貧窮少年，在貴族學院中雞飛狗跳的冒險，即將展開！』

謝鏡辭：「……」

這已經遠遠超出了文藝復興的範疇。

謝鏡辭覺得，比起「古早」，「返祖」這個稱呼，似乎更加貼切。

這個世界，她曾見過的。

身為不可愛也不迷人的反派角色，她並非文案裡提及的財團繼承人，如果謝鏡辭沒猜錯，那一堆「她」裡，應該能找到她。

她是惡毒女二，看似柔弱憂鬱，實則病嬌至極，對男主人公一往情深，由於愛而不得，最後甚至玩起了囚禁play，將他關在地下室裡。

——當然，出於「反派絕不可能真正得手」的定律，謝鏡辭還沒來得及對他做些什麼，女主角就從天而降。

等等。

按照這個角色隱藏的病態屬性，她不會對裴渡也做出什麼奇怪的事情，例如捆綁和小黑屋……吧？

謝鏡辭瑟瑟發抖。

謝鏡辭凝神定睛，繼續往下，心臟顫抖。

為了讓她儘快熟悉人設，系統往往會列出幾條臺詞預警。

此時此刻，原本一片空白的識海裡，寫上了密密麻麻的話。

占據了大部分空間的，是一大串不斷重複、歪歪扭扭的『為什麼不愛我為什麼不愛我』

和『你只能看我一個人』。

緊接著，便是另一幅渾然不同的新天地。

『記住，這個世界沒有童話。』

『你若不勇敢，誰替我堅強。』

『對不起，是我矯情了思念。』

這已經足夠令人窒息，到後來，逐漸變成了：

『總有1個人要贏的，那個亽為什麼不能是我。』

『尒禾0我才最般配，壞與更壞，互相傷害。』

謝鏡辭：「……」

救命啊！差點忘了，由於這個世界的返祖特性——所有人都停留在火星文時代啊！

病嬌已經夠讓人受不了了。

這還是個憂鬱公主，非主流病嬌。

謝鏡辭顫抖著按住自己的太陽穴。

三人在明燈流火間不斷穿梭，不消多時，便抵達了目的地琳琅坊。

琳琅坊作為城中赫赫有名的首飾鋪，今夜自是人頭攢動，她在川流不息的人群裡細細張望，沒費多大功夫，就找到孟小汀的身影。

在她面前，赫然站著那群時常前來找碴的富家子弟。

這群人上回在琳琅坊前被她痛罵一番，如今竟然還是不記教訓。謝鏡辭不悅皺眉，在人潮裡步步前行，擋在孟小汀身前。

「辭辭！」孟小汀一見她就笑：「我們今晚去哪兒玩？」

「謝鏡辭。」人群裡不知是誰輕哼一聲，毫不掩飾語氣裡的嘲弄之意：「怎麼，謝小姐此等貴人，今夜不去練刀，也會紆尊參加這種燈會啊？」

為首的陸應霖覷那人一眼：「好啦好啦，別說了，我們此番前來，又不是為了和她吵架。」

「第一，無論練刀還是逛燈會，都比仗勢欺人來得好；第二，我對上你們，不叫『吵架』，叫單方面罵人。」

謝鏡辭語調極冷，嗓音有如珠落玉盤，脆生生落在夜色裡暈開的燈火之上，一開口，便引來周遭不少人的目光。

「鬧了這麼多回，還沒好好記住麼？」她略微一頓，不耐皺眉：「誰若傷我姐妹翅膀，我定毀他整個天堂！」

整個世界，好像都安靜了。

謝鏡辭：「……」

謝鏡辭：裂开。

不幸中的萬幸。

修真界裡沒有「天堂」這說法，也並未流行過轟轟烈烈的中二語錄，謝鏡辭喊出石破天驚的一下，只引來幾道略顯困惑的目光。

只要她不尷尬，圍觀的人們就不會知道，自己這時也覺得尷尬。

「謝小姐，妳誤會了。」陸應霖身旁的姑娘道：「我們今日並非想要招惹禍端，不過碰巧與孟小汀遇上——千燈會乃是盛事，倘若起了衝突，對大家都不好。」

待她說完，又有一人遲疑道：「我們聽說了孤雲山的事……」

「謝小姐、孟小姐！」

那人話音未落，便被另一道含著笑的男音打斷。

這道嗓音清朗高昂，無論裴渡還是莫霄陽，此前都未曾聽聞過，循聲望去，於燈火敞亮之處，見到一個身量高挑的少年。

「這是龍逍。」孟小汀嘶了口冷氣，用傳音對二人道：「龍家次子，當今最受矚目的體修之一。這傢伙纏著辭辭很久了，隔三差五——」

「孟小姐，我已聽聞孤雲山之事，這是我為妳娘親尋來的藥材，或許能助她早日醒來。」

龍逍極高，因是體修，除開偉岸筆直的身段，被衣衫層層包裹的肌肉同樣引人注目，乍一看去好似緊繃的直弓，即便言笑晏晏，也能油然生出幾分肅穆的凜冽之意。

孟小汀被他的話打斷傳音，不便拒絕這份好意，道謝後接下藥材。

她面上沒生出多餘的情緒，心頭卻悄悄一揪，飛快望了裴渡一眼。

啊啊啊這傢伙怎麼會突然出現！按照他的習慣，定會死命纏著辭辭不放……不行不行，絕對不行，她和莫霄陽還商量好了，一定要讓辭辭和裴公子單獨相處，去河邊放花燈呢！

——沒錯。

打從孤雲山回來，辭辭就一直沒對裴公子有過任何表示，兩人之間的進展本來就慢得堪比蝸牛，她猶猶豫豫不主動，進度直接被凍住了。

孟小汀當真從沒想過，她這個雷厲風行的朋友，會愛得這麼小心，這麼猶豫，這麼脆弱，連接近心上人的勇氣都不剩下。

她一面覺得像嗑了蜜糖一樣甜，一面又對好友的狀態感到無比痛心，思索整夜，和莫霄陽制定了牽紅線計畫。

他們兩人都是實打實的情感白癡，商量許久，到最後不過是在今日清晨攛掇裴渡出了門，在商鋪精挑細選一枚花燈，讓他在千燈會上送給謝鏡辭，作為這麼多日以來的答謝。

千燈會乃是雲京盛事，倘若孤男寡女、波光清漾，再搭配滿城曖昧不已的花火，說不定裴公子會怦然心動，有情人終成眷屬，想想還有點激動。

這是本應出現的劇情。

要是在他們兩人之間突然夾上一個龍逍，孟小汀絕對一萬個不願意。

「聽說當年形勢危急，令堂捨命相護，才得以讓孟小姐逃出生天，在下心生敬佩。」龍逍說著笑笑，目光倏然一轉，看似不經意地瞥過陸應霖一行人：「也難為孟良澤這麼多年來謊話說盡，汙了令堂的名聲。」

孟小汀的身分實在尷尬，將她年齡一算，又恰好出生在孟良澤與林蘊柔成婚不久後。不少人都知道這男人拋下江清意、轉而同林家定親一事，他眼看沒得洗，便把罪名往江清意身上推。

例如「一切都是妖女設下陷阱，為攀附高枝，故意引誘」；又或「他幡然醒悟，於千鈞一髮之際看清心中所愛，不再被虛妄的美色蠱惑」，硬生生把自己塑造成了迷途知返的風流浪子，如今大徹大悟，一切全是妖女江清意的鍋。

久而久之，這一面之辭逐漸傳開，在不少人眼裡，江清意乃至孟小汀都成了笑話。

這也是學宮中人對孟小汀頗有微詞的最大緣由。

如今孤雲山事畢，當年隱藏的祕辛真相大白，迷途知返成了薄情寡義，被眾人當作談資嘲弄的妖女，竟才是被背叛辜負的那一個。

驚天逆轉，猝不及防。

曾經津津有味談論過此事的人們，如今反而不知應當如何面對孟小汀。

龍逍意有所指，陸應霖一行人聽得臉色發白。

他們自詡為「正義」，理所當然地認為江清意心懷不軌、插足孟林二人之間，她所生下的孟小汀，自然也沾染了汙穢。

而今真相浮出水面，孟良澤不過是個惡事做盡、拋妻棄女的偽君子。他們被打臉打得啪啪響，聞言竟是一句話也說不出來。

「啊，還有謝小姐！」談及謝鏡辭，龍逍的語調顯而易見拔高了些，劍眉悠悠往上一揚：「謝小姐，我家購置了不少花燈，都是千金難求的上等貨色。這裡還剩下兩盞，還望小姐賞面收下。」

他說著指尖輕挑，自儲物袋拿出兩盞蓮花模樣的小燈。

燈內雖未點火，但由於材質特殊，竟自行淌出流水般綿延的光華，輕柔如影，曼妙非常。

龍逍笑道：「此物由東海幻紗所製，內嵌一顆夜明珠，意作前程敞亮。」

「謝小姐應該不會收吧？」莫霄陽摸著下巴，語氣篤定：「謝府不缺稀罕的東西，她和龍逍看上去也不算太熟。」

「不。」孟小汀卻是面色深沉，又瞧了瞧裴渡，「或許……」

然後莫霄陽就眼睜睜看著謝小姐接下了。

「不不不是吧？」他兀地睜大眼睛：「我記得花燈只能放一盞，如果用了他的蓮花，就不能再……這人和謝小姐關係很好？」

孟小汀拼命救場，也被傳染了結巴：「當當當然不是啊！應該只是不想掃他興致，辭辭一向很有禮貌。」

他們兩人在識海裡嘰嘰喳喳，一旁的裴渡始終沉默，安靜著沒有說話。

龍逍之名，他自是聽過。

天之驕子、性情豪爽、氣宇軒昂，似乎所有褒義的形容詞，都能同他沾上一些關係。

他早就該想到，謝小姐在雲京城生活這麼多年，定然擁有數不清的朋友、故交，以及傾慕者。

而在她看來，自己與裴渡不過相識了短短數日，其中情分……不知幾何。

今早孟小汀與莫霄陽找上他，說想給謝小姐挑選一盞花燈。

裴渡從未替姑娘挑選過禮物，特地前往城中最繁華的天機閣，精挑細選，買下一隻圓滾滾的白兔。

他那時既開心又緊張，心口被錮得發悶，唯恐謝小姐不會喜歡，可如今看來，似乎一切擔心都成了多餘。

那隻看上去又呆又傻的兔子，怎能比得上千金難求的蓮花。

龍逍見她接過，眼底情不自禁露了笑：「謝小姐，妳明日可有空閒？」

裴渡指尖動了動，雖是面色如常，眸底暗色卻悄然聚攏。

謝鏡辭：「沒有。」

「那後天呢？」

「也沒有。」

「那——」

「謝小姐答應本月同在下練刀。」少年劍修的嗓音向來清越溫潤，此時卻攜著冰雪般的冷意，身影被燈火映得忽明忽暗，倏而站在謝鏡辭跟前時，如同雨後叢林裡的風：「道友之約，她恐怕無法應下。」

哇哦。

孟小汀嘴角浮起彎彎弧度，險些發出「嘿嘿」癡笑。

裴渡眸色極暗，一出聲，便讓周遭靜了一瞬，旋即響起窸窸窣窣的議論。

「這位郎君好生俊俏，怎地我從未見過？」

「你不認識？這是裴家那位公子。」

「你不是仰慕他許久？還不快上前搭搭話，說不定……」

謝鏡辭心下無端煩悶，皺了皺眉。

「噢噢，這股劍意……你是裴公子吧？」他的拒絕之意再明顯不過，哪知龍逍聞言，笑得更歡：「沒關係！我們三人一起，豈不是更好！能同謝小姐、裴公子一道修煉，天下竟然還有這等好事！」

裴渡：？

「啊，這人就是這副德行，好奇怪的修煉狂。」孟小汀扶額：「他老是纏著辭辭比試，說什麼『用最鋒利的刀破他最堅固的盾』……被打得越慘，下次來宣戰的時候就叫得越歡。」

「就、就這樣？那他幹嘛要送謝小姐花燈？」莫霄陽震驚疑惑之餘，不免生出好奇：「最鋒利的刀和最堅固的盾，誰更厲害一些？」

孟小汀：「……大概六四開？不對！現在是操心這種事情的時候嗎！」

這群男人沒一個靠得住！修煉狂！大笨蛋！

以陸應霖為首的一群人灰溜溜離開，龍逍是個自來熟，一路跟在裴渡身旁，聲稱仰慕裴公子已久，定要尋個機會，同他比試一番。

孟小汀心如死灰地瞅他。

這人平日裡一身黑衣，今夜卻穿得像隻花孔雀，一看便知心懷不軌，倘若他打定主意要對辭辭下手……

她心亂如麻，匆匆看向謝鏡辭。

今晚的謝鏡辭似乎心事重重，不知在思索什麼，一路過酒家，便會順手買上一瓶，咕嚕咕嚕往嘴裡灌。

——她能不這樣猛灌嗎。

謝鏡辭被酒氣嗆得輕咳一聲，雙眼漸漸失去聚焦。

此時此刻喝下的酒水，全是她倒流的淚水。

憂鬱病嬌的人設不鳴則已一鳴驚人，一出場，就要了她半條命。倘若任由其發展，不出幾日，在雲京城群眾的眼裡，謝鏡辭將澈底變成一具屍體。

一具腦子不太正常、間歇性抽風的屍體。

她心裡有種預感，接下來的燈會，系統必然要幹大事。

謝鏡辭不能反抗，唯一能想到的辦法，就是把一切行為推給醉酒。

入夜的雲京人流如織，格外喧囂。

天邊一輪冷清清的月映著星光，將清輝灑滿飛翹的簷角，天邊皆是靜謐，在墨一樣暈開的黑暗裡，雲層淺薄得猶如霧氣。

與之相比，城中燈火不熄、人聲不絕，千萬花燈若斷若續，閃得恣意風情，竟將月光襯得黯然失色，淪為陪襯。

越是臨近午夜，街邊的行人就越發密集。

莫霄陽不由驚嘆：「這麼晚了，居然還有這麼多人。」

「因為午夜才是重頭戲。」龍逍耐心解釋：「夜半時分，每個人都會備上一盞花燈，將寫著心願的紙條放進燈中，再順著水流放入河中。」

孟小汀清了清嗓子：「話說回來，我知道有個地方沒什麼人，去那裡放花燈的話，應該不會被打擾哦。」

謝鏡辭一心想要逃離大眾視野，聞言果然上鉤：「在哪兒？」

孟小汀：「嘿嘿。」

孟小汀選中的地方靠近城郊，是一座廢棄已久的木橋。

此地雖然仍有幾戶人家，但由於橋下中空，只要涉水來到橋梁之下，就能得到一處遠離喧囂的小小天地。

孟小汀得意洋洋地叉著腰：「怎麼樣，這地方不錯吧。」

這可是她和莫霄陽尋遍整個雲京城，最終拍板定下的風水寶地，試想孤月清輝、燈火茫茫，多浪漫啊。

「是挺好。」莫霄陽跟著她的話念臺詞，露出苦惱的神色：「但我覺得吧，放花燈這種事，還是得在熱熱鬧鬧的地方——此地人跡罕至，一丁點千燈會的氣氛都沒有。」

龍逍正色：「我倒覺得這裡挺好，孟小姐眼光不錯。」

孟小汀想捶他。

「你想去熱鬧一些的地方？但這是我好不容易找到的地方，若是浪費，未免可惜。」她決定不去理會，繼續按照計畫背臺詞，恍然大悟般拍手：「對了！我記得裴公子喜靜，不如這樣，辭辭陪著他留在這兒，我同莫霄陽去城中放花燈，如何？」

龍逍脊背一挺：「其實我也挺喜歡熱鬧的！熱鬧多好啊，全是人！」

這修煉狂竟突然開了竅。

孟小汀老母親一般欣慰地笑：「那你就跟著我們吧。」

她說走就走，毫不留戀，只想迅速溜掉，不留給謝鏡辭拒絕的機會，沒想到一轉身，突然聽見後者喚了聲：「等等。」

孟小汀心口一緊，同莫霄陽飛快對視。

「妳是不是還沒買花燈？」謝鏡辭語氣淡淡，朝她扔來不知什麼東西：「別買新的了，用這個吧，圖吉利。」

她茫然低頭，才看清被扔在自己懷裡的，正是龍逍送給謝鏡辭的那朵蓮花。

對了。

龍逍送的花燈，一共有兩盞。

「這樣不好吧？畢竟是龍逍……」孟小汀說著咬住舌尖：「龍公子送給妳的。」

「無礙！」龍逍雙眼滾圓，脊背挺得有如標槍，不知是不是錯覺，他每個字都說得十足僵硬：「我本就是見到有孟小姐同行，才特地送上兩盞——如果莫道友想要，在下也能給你一份。」

可憐價值千金的東海幻紗，愣是被這個敗家子玩成了大批發。

孟小汀得了漂亮花燈，開開心心地揮手道別，等謝鏡辭從酒勁裡再凝神時，三人已經不見了蹤影。

河邊只留下她和裴渡。

「嗯……」謝鏡辭按按太陽穴：「我們去橋下吧。」

比起寬敞的河邊，橋梁之下顯得壓抑許多。

木橋黑黝黝的影子沉甸甸落下來，隔絕了萬家燈火，成了與世隔絕的空間。岸邊河水退去，露出嶙峋石塊，在幽寂夜色裡，讓她想起野獸凸起的獠牙。

「你準備紙筆了嗎？在放河燈之前，要先寫好自己的願望哦。」

謝鏡辭默念除塵訣，尋了塊空地坐下，背靠橋墩。

身旁的裴渡安靜過了頭，不知在思索何事，半晌才後知後覺地應她：「嗯。」

明顯不大對勁。

謝鏡辭斟酌著發問：「你不舒服？」

「沒有。」他這才恍然回過神來，混沌的瞳仁重新蒙上清明亮色，用著與往日無異的溫和語調：「蓮花燈很漂亮，謝小姐寫下心願，定能心想事成。」

……他方才真是昏了頭。

眼見謝小姐收下別人的花燈，心口發澀、不自覺地消沉難過，這些感覺都無法避免，但倘若因為他的情緒影響了謝小姐，那定是萬萬不該的。

尤其是在這樣的日子裡。

裴渡沒再出聲，低垂了眼睫，把面容藏在橋梁濃郁的影子裡。

「蓮花燈？你說龍逍給的那個？」謝鏡辭笑了笑：「我才沒打算用那個——你難道看不出來，他是特地送給孟小汀的？」

在擁擠的黑暗中，所有聲響都無比清晰。

裴渡愣住，抬頭。

「什麼『看見孟小汀，就順手給了兩個』，就是一句謊話。」

不施粉黛的年輕姑娘打了個哈欠，目光和語氣懶洋洋，微微偏過頭來看他時，眼尾被月色打濕，暈開昳麗的光。

「他之所以尋我比試，就是為了能看孟小汀一眼；平日送禮也是，為了能把東西親手交到孟小汀手上，龍逍曾好幾次給學宮裡每個人都送了一份禮物──敗家子啊。」

籠罩在心上的陰翳倏然消散了。

裴渡聽見自己加速的心跳，不自覺想揚唇輕笑，卻又憂慮會被對方察覺，讓小心思無處可藏。

「那謝小姐──」他竭力止住笑意，做出肅然的模樣：「謝小姐手頭可還有花燈？若是沒有，我這裡多備了一盞。」

謝鏡辭笑了：「你特地買給我的？」

她半開玩笑，而裴渡不置可否。

從儲物袋裡搜尋物件，往往只需要彈指之間，他的動作卻前所未有地緩慢，觸碰到長長的兔耳時，指骨下意識一僵。

他不知道……謝小姐會不會喜歡。

兔耳被少年修長的手指輕輕捏住，白光一晃，花燈便出現在裴渡手中。

等待是十分漫長的過程，彷彿每一須臾都被無限拉長，劃在他心尖上。

在籠罩四野的寂靜裡，裴渡聽見噗嗤輕笑。

「天機閣買的？」謝鏡辭道：「沒想到裴公子竟有這等愛好，著實有些出乎意料。」

她的笑聲像火星燎過耳根。

裴渡被笑得無措，低頭遮住洶湧而來的窘迫，分明的骨節下意識用力，泛起冷白之際，又聽她繼續說：「你看這個。」

於是他抬頭。

四下昏暗，謝鏡辭捧在手裡的物件被月色匆忙一勾，顯出雪白渾圓的輪廓。

彷彿有什麼東西軟綿綿砸在他心口上。

長耳朵，短尾巴，圓滾滾的身子。

在謝小姐手心……赫然是個和他手裡一模一樣的兔子。

所以她才能一眼看出，這盞花燈來自天機閣。

「看來我們還挺有緣。」謝鏡辭笑意不減：「我早就選好啦，畢竟是雲京本地人，不會像你和莫霄陽那樣手忙腳亂。」

她頓了頓，眼底溢著好奇：「你的花燈是什麼樣子？」

他的花燈。

裴渡尚未從怔忪中反應過來，聞言低頭，按緊手裡的儲物袋，尋了一陣，呆呆愣住。

當時他替謝小姐選好花燈，因為太過緊張……壓根沒選自己的。

謝鏡辭看出來了，輕聲笑笑：「怎麼了？」

裴渡：「……」

裴渡：「燈……忘在房間裡。」

「那也沒關係，你手上不是還有一盞？」

裴渡心裡發亂。

可這是他專程為謝小姐挑選的禮物。

好不容易見她拒絕了龍逍的花燈，好不容易選中合她心意的模樣，倘若不能親手送給她，一切就沒了意義。

「裴渡。」她定是看出他的失落，再度用開玩笑的語氣：「這兔子，不會是你打算送給我的吧？」

裴渡心亂如麻，沒做多想：「嗯。」

這個單音一出口，不只是他，連謝鏡辭也愣然愣住。

心臟像被無數條絲線絞成一團。

他原本可以解釋，之所以買下這盞燈，不過是因為路過天機閣，孟小姐說她可能會喜歡，自己正好有多餘閒錢，便順手買下。

但那樣一來，這份禮物就難免顯得過於廉價，彷彿連帶著他對謝小姐的情愫，也成了順便與將就。

裴渡不願讓她那樣想。

猝不及防，手裡捧著的兔子花燈被人一把奪過，取而代之塞進他手中的，是擁有同樣觸感的滾圓綿柔。

「送出去的禮物，沒有收回來的道理。」謝鏡辭的聲音有些悶：「反正都是兔子……把我的送給你好了。」

裴渡抱著懷裡的花燈，那上面還殘存著謝小姐的體溫。

橋梁下的他安安靜靜，藏在心裡的另一個他早已把自己裹在被褥滾來滾去，蜷縮成一隻紅彤彤的蝦。

他們都帶了紙筆，將心願寫好後塞進花燈，順著水流輕輕一推，伴隨水波瀲灩，兩隻大白兔開始乘風破浪。

「願望不能告訴別人。」謝鏡辭道：「說出來就不靈驗了。待會兒會有不少百姓聚在河流下游，每人拾起一盞花燈，為不知名的心願獻出祝福。」

放完花燈，自然就到了從橋下離開的時候。

她剛要繼續開口，沒想到搶先闖進耳朵的，是一道閻王催命般的叮咚聲。

謝鏡辭就知道，狗賊系統不會輕易將她放過。

好在她足夠機智，有了醉酒這個擋箭牌，不管說出怎樣的話，她都能心安理得——才怪啊！

謝鏡辭看著腦海裡的字句，前所未有地目瞪口呆。

救、救救救救命。

「謝小姐。」裴渡已有了起身離開的前兆：「時候不早了，我們是不是該儘快與他們會合？」

他正欲起身，手臂卻被不由分說地按住。

謝小姐笑了笑，聲調卻是莫名發冷：「怎麼，這麼不願同我待在一起嗎？」

察覺他卸了力道，她語氣的冷意散去，恢復了同往日無異的和煦：「不如和我說說話吧，吶？」

這個吶。

這個吶的那味太濃，謝鏡辭險些喪失呼吸，心臟咯噔咯噔跳不停。

裴渡沒拒絕，乖乖坐回她身邊。

「其實每年千燈會，我都會覺得有些傷心。」她語氣飄忽，雖是噙著笑，卻讓人聽不出真正的情緒：「在五年前，我一位名叫『阿白』的朋友，便是死在了千燈會上。」

「謝小姐……」

「我身邊一直沒有太多人，他們都不願意和我做朋友。」謝鏡辭靠著木橋，忽地伸了手，撩起足尖一縷水花，水聲與人聲交纏，帶著夜半獨有的迷幻感：「我一直想，要是能有誰來陪陪我就好了——可阿白卻死了。」

眾所周知，病嬌之所以成為病嬌，其中最重要的原因，就是擁有一個孤獨不幸、不被人喜愛的童年。

謝鏡辭的人設也不能免俗。

蒼天可鑑。

阿白是她家裡養了不到半個月的玉蠶，最後吃太多桑葉，撐死了。

阿白，你好慘啊，死了都要被拿出來鞭屍。

「我娘說，死去的人會變成天上的星星。有時我抬頭看著天空，會莫名覺得，阿白就在那裡看我。」她頓了頓，抬手指向遠處霧濛濛的天空：「就在那兒。你知道那顆星星的名字嗎？」

裴渡默了一瞬，嗓音柔和：「天狼。」

「不。」謝鏡辭語氣幽怨：「它叫冰凌蝶淚・瑪麗凡多姆海恩・雪魍櫻雨伊娜莎。」

謝鏡辭：「……」

謝鏡辭：有！病！啊！

裴渡沉默片刻，嗓音裡帶著無奈的縱容：「謝小姐，妳喝醉了？」

「阿白死後，我一直很難過。」

身旁的姑娘忽然朝他靠近一些。

低如耳語的輕喃劃過耳畔，寥寥數語，卻激得他心頭大亂：「你也要像它那樣……離開我嗎？」

四周的氣息陡然下沉。

黑暗描摹出她的影子，月色下墜，映亮謝鏡辭漆黑的、漩渦一樣的眼眸。

有什麼東西纏上他的脖子。

「明明我已經這麼難過了……」謝小姐的聲音成了低啞氣音，隨著她越來越近，裴渡聞到愈發濃郁的酒香：「為什麼你還是不願意看我，而是迫不及待想要逃開……甚至把目光分給別人呢？」

裴渡直覺脖頸一痛。

隨之而來的，是逐漸填滿四肢百骸的麻。

——謝鏡辭動用靈力，化作一根根纖長絲線，自他衣衫浸入，遍布全身。

像極了蔓延開來的細密繩索，一點點咬進血肉之中。

在雲京街上行走的時候，的確有不少女子向他搭話，無一例外被盡數回絕。

謝小姐因為這件事……感到不開心嗎？

勒在他脖子上的那一縷氣息不算用力，卻牢牢扼在喉結之上，生出麻麻的痛。

謝小姐定是醉得厲害，否則絕不會講出如此露骨的話。

「只看我就好了。」她像在自言自語，瞳仁中空茫混濁，卻也攜著說不清道不明的曖昧，每個字都重重揉在裴渡心頭：「就連身上也沾了其他女人的味道，要是再不乖乖聽話，關起來應該會有用吧?」

靈力越來越緊。

完蛋了。

謝鏡辭只想變成人造火箭直沖青天，永遠離開這個躺滿她屍體的傷心地，哪怕有醉酒作為掩護，這種臺詞和行為……果然就是變態吧！

按照給出的劇本，裴渡一定會像所有被病嬌困擾的男主角那樣倉皇逃竄，他逃她追，他插翅難飛，經過幾個回合的推拉，最終被玩成破布娃娃。

救命。

謝鏡辭心中忐忑，已經做好了被裴渡推開的準備，然而出乎意料，後者並沒有做出任何動作。

背靠木橋的少年無路可退，因她周身熾熱的溫度而面頰緋紅，恍如明月蒙了淺淺血色，眼尾稍稍一彎，說不出的綺麗勾人。

裴渡居然笑了。

他說：「好。」

謝鏡辭：?

「只看妳就好了。」他的聲音有如朗月清風，此時卻夾雜了若有似無的蠱惑：「要是再不乖乖聽話，我便聽憑謝小姐處置，關起來……除了妳，誰都不知道。」

謝鏡辭：？？？

這是什麼走向？裴渡他、裴渡他為什麼會搶走她的臺詞？

謝鏡辭懵了，狂敲系統：「他被嚇傻了？我我我怎麼接？」

『資料庫裡也沒有應對措施啊！』系統少有地出現了抓狂的徵兆：『正常人誰會像他這麼玩！這人怎麼比變態還變態！』

謝小姐沒有做出反應，面上是因醉酒浮起的紅。

裴渡只覺心臟狂跳，像被一根絲線拽在半空，不時發疼。

他像個可恥的小偷。

她定是頭腦不清醒，因而並未反駁他這番離經叛道的話，也並未感到恐懼或驚訝，沉默片刻，有些茫然地繼續：「那……說好了，你是我的。」

裴渡無聲笑笑。

他暗地裡關注她許久，聽說過那隻名為「阿白」的蠶。

這是裴渡篤定她神志不清的最大緣由。

一隻偷腥的貓碰到了沉眠的魚，悄悄伸出爪子。

他因與謝小姐的距離極近，緊張到不敢呼吸，心裡卻仍渴求著更加貼近。

醉酒後的行為雖然匪夷所思，但大多數時候，總會藏著些許真實的心思。

也許謝小姐只當他是一個玩具，或是寵物——像大白那樣的寵物，激起她心裡的占有欲。

但那並不重要。

只要謝小姐願意讓他留在身邊，無論以何種方式，裴渡都甘之如飴。

謝小姐想要占有他，這件事本身……便已經足夠讓他開心。

少年無聲伸手，將她攬入懷中。

橋梁之下寂靜無聲，所見皆是沉沉暮色，兩個人的氣息交纏，生出古怪的熱。

在距離她耳朵極近的地方，裴渡低聲說：「謝小姐，我是妳的。」

謝鏡辭，炸了。

有史以來第一次，她大腦裡空空如也，忘記系統，忘記接下來要說的話，甚至忘記所有事物的存在，只留一片空白，和一束亂竄的煙花。

「雲京的公子少爺，並不好。」裴渡靜了片刻，忽而又道：「謝小姐倘若總把目光放在他們身上，我──」

他他他會幹什麼？

殺掉珍藏？做成餃子？關進小黑屋？

謝鏡辭後背發麻。

俗話說得好，要用魔法打敗魔法。她原以為自己拿了個殺天殺地的病嬌劇本，沒想到一山更比一山高，莫非裴渡才是傳說中的天然黑？

千奇百怪的死法一股腦湧現，謝鏡辭神經高度緊繃，聽他悠悠一停。

裴渡還是很小聲，沒有想像中的冷意與殺氣，竟是淺淺的委屈，祈求般告訴她：「我會難過的……謝小姐。」

他不會殺意橫生，更不會傷她分毫，只是會難過而已。

傾慕謝小姐，向來都是他一個人的事。

午夜的風嘩啦啦吹過來。

風明明冰冷透骨，周遭氤氳的水汽更是寒涼，謝鏡辭卻情不自禁地渾身發燙。

如今的裴渡，理應覺得她喝醉了酒，神志不清。

這是她清醒時絕不可能聽到的，近乎於癡戀般的卑微懇求，讓人心尖發顫。

不會吧。

裴渡那樣一朵遙不可攀的高嶺之花，卻心甘情願對她講出這種話，他不會是——

有那麼一點點，一點點，喜歡她吧？

「我會一直看著妳，所以……」

水流的輕響撓在耳朵上。

在逐漸加速的心跳聲裡，她聽見裴渡說：「謝小姐，多看看我吧。」

謝鏡辭的心啪嗒一聲。

化了。

謝鏡辭腦子裡一團漿糊。

裴渡的反應超出她的預料。

老實說，哪怕他氣急敗壞、一本正經地拒絕她，再去謝疏面前好好控訴這離經叛道的行徑，也比此時此刻的情形更讓她心安理得。

裴渡怎麼就……這麼順其自然地全盤接受了呢。

還讓她多看看他。

那句話像是滾燙的火，順著耳廓蔓延至全身，尤其她還被裴渡抱在懷中，溫度無處流瀉，被禁錮在小小的空間。

更讓謝鏡辭心亂如麻的是，她發覺自己並不討厭這種感覺。

謝家何其強勢，她在修真界又名氣不小，提親之人絡繹不絕，在學宮與各處祕境裡，亦有許多年輕修士前來搭訕。

謝鏡辭只覺得煩。

圍在身邊刻意套近乎的男男女女，對她來說，像極嗡嗡不絕的蚊蠅，除了打攪修煉、擾亂心神，起不到絲毫作用。

謝鏡辭最初還象徵性陪聊幾句，後來不勝其煩，就差直接把「沒空」兩個字寫在臉上。

她並不喜歡男女之間的風花雪月，向來認定一個不變的真理：與其談情說愛，不如把時間放在鬼哭刀上。

然而被裴渡觸碰的時候，並沒有生出厭煩的情緒。

——若是平常，她被這樣不由分說地抱住，不應該毫不猶豫把對方推開嗎？她她她為什麼會臉紅？

「謝小姐。」裴渡的聲音再度響起，褪去了不久前朦朧的情意，顯出流水般悅耳的清冽：「想回家嗎？」

回家，必須回家。

謝鏡辭不知道系統有沒有準備後手，無論繼續與裴渡單獨待在橋下，還是去人潮如織的街頭同孟小汀等人會合，只要它一發功，她在雲京城裡的名聲就差不多完蛋了。

只有回家，才是回到最初的美好。

裴渡做事一向可靠，並未直接帶她離開，而是從儲物袋拿出傳訊符，向莫霄陽告知了謝鏡辭醉酒的情況，言明她不得不先行回家休息，讓三人自行遊玩。

寫信念訣送信一氣呵成，但如何將謝小姐帶回謝府，成了件頭疼事。

謝鏡辭唯恐被他看見自己通紅的臉，把心一橫，乾脆裝作沒了意識，渾身無力伏在裴渡懷中。

他嘗試著輕輕喚了兩聲「謝小姐」，沒有絲毫回應。

午夜的幽影輕撫眉間，為雙眸蒙上層層陰翳。

身著白衫的少年靜默不語，長睫微垂，籠罩下綿綿柔色。

裴渡的動作很輕，哪怕是要將懷裡的姑娘抱緊，加重力道的時候，也小心翼翼。

謝小姐的身體很軟，瀰漫著酒香，當他不經意觸碰到腰間，慌亂得呼吸一窒。

裴渡毫不費力抱起了她，謝鏡辭似是不習慣這樣的動作，閉眼皺了皺眉，把臉埋進他胸口，微微一蹭。

他被蹭得有些癢，嘴角卻不自覺揚起弧度。

已經越來越靠近了。

他從泥土裡一天天往上爬，終於能觸碰到太陽。

這樣一個最尋常的、可能不會被她記在心裡的擁抱，背後藏匿著的，是他數年如一日的仰望。

「裴渡。」懷裡的謝小姐突然出聲，呼出的熱氣浸在他衣衫裡頭：「……我們回家。」

耳邊只剩下水流潺潺的響音。

謝鏡辭閉著雙眼，看不見裴渡的動作與表情，由於擔心系統再作妖，裝作昏昏欲睡的模樣，出言催促一聲。

少年並沒有立即應答。

黑暗逐漸聚攏，謝鏡辭聽見他擂鼓般的心跳，以及含著笑的清潤嗓音。

「好，回家。」

與此同時，河道下游。

前來撈花燈的雲京居民熙熙攘攘，孟小汀好不容易等到人潮散去，努力往前靠了幾步。

莫霄陽由衷感慨：「不愧是千燈會，人真多啊。」

「不錯。」龍逍站在孟小汀身後，為她擋去魚貫而入的人山人海，聞聲附和：「每至節慶之日，街邊行人都是平時的三四倍之多——排隊等候這種事，實在浪費時間，很麻煩。」

孟小汀狐疑地看他一眼。

說到「排隊等候」四個字時，這人雖然用了極度厭煩的措辭，嘴角卻情不自禁往上一勾，彷彿隨時會狂喜得嘿嘿笑出聲。

怪人。

「對了。我聽聞歸元仙府將開，不知諸位打不打算前去一探？」龍逍一路上滿嘴跑馬，不停說話，即便入了深夜，還是興致盎然地說個不停：「聽聞歸元仙府靈氣彙聚，對修煉大有裨益——謝小姐識海不是受過傷麼？正好能去那地方調養一番。」

此等大事，謝疏早就風風火火告訴過他們。

歸元仙府乃是上古大能開創的祕境，每五十年開啟一回。這麼多年過去，雖然財寶法器早被瓜分一空，但其中純淨的靈力源源不絕，理所當然成為了金丹元嬰修士的絕佳突破之地。

算一算時間，就在七天之後。

見孟小汀點頭，龍逍笑意更深。

三人有一搭沒一搭地閒聊，等洶湧人潮逐漸退去，分別從河裡隨手撈了盞花燈。

孟小汀低頭打量手裡的方形河燈，小聲念出紙條上龍飛鳳舞的文字：「保佑他們五個不要發現彼此的存在，如果能遇見第六個，我希望是紈褲公子的類型。」

龍逍垂眸一瞥：「希望娘親的病能早日好起來。」

莫霄陽抱著個兔子形狀的花燈，笨拙取出燈裡的紙條，不由略微愣住。

莫霄陽：「哇……這這這、這個好像是謝小姐的筆跡啊！」

謝小姐的筆跡！

龍逍頓時戰意大起。

他寫在紙上的願望雖然是「勇敢地向孟小姐釋放魅力」，還連續好幾年都沒成真，但這並不代表他荒廢了修煉！

早就聽聞謝鏡辭是個一等一的修煉狂，她的心願必然也是石破天驚、霸氣外露，他已經迫不及待想要一探究竟。

「呃……」莫霄陽撓頭，把手裡的紙條遞給他瞧：「怎麼說呢，好像有點……」

龍逍迫不及待地低頭，幾乎快要抑制不住心底湧動的戰意。

無論謝鏡辭許下什麼心願，他都會以超越她作為頭等目標！

但見紙條純白，黑色小字筆跡瀟灑靈動、蒼勁如竹，一筆一劃寫著：「灰色旳、天空 。深深的、寂寞。偶們似禣，湉到憂傷。莪想等伱，等伱來，接受莪哋嗳=-づ。」

龍逍：？

龍道：「加、加密文字？」

夜色已深。

裴渡在床上第無數次翻身，亦是第無數次睜眼，把臉埋進枕頭。

他睡不著。

他不便進入女子閨房，因而只來到謝小姐院落之前，便停了腳步，託付路過的小丫鬟將她送入房中。

那小丫鬟先是一愣，旋即抿著唇悶悶一笑，再開口時，雖然只簡短應了聲「好」，可語氣裡顯然多了幾分別有深意的味道。

那位姑娘看他的眼神……

裴渡又翻了個身。

彷彿他對謝小姐做了什麼曖昧難言的事，讓他耳根發燙。

他今日把所有想說的話，盡數告訴給了謝小姐。

她沒有排斥，也沒有表現出厭惡的情緒，被他輕輕抱起時，還囈語似的讓他回家。

……回家。

誰也不會知道，當裴渡聽見那兩個字，心裡有多麼高興，此刻回想起來，還是會嘴角微揚。

他這一輩子如同浮萍，四處漂泊遊蕩，沒有真正落腳的時候，如今卻有人對他說，我們回家。

裴渡感到前所未有的開心。

他知曉謝小姐的性子，她向來厭煩他人接近，既然願意親近他，說不定在她心裡，也有一點點喜歡他。

就算只有一點點，於裴渡而言，也是能瞬間包裹住整個世界的、令他目眩神迷的蜜糖。

謝府之內不似城中吵鬧，因是冬日，連蚊蟲的鳴叫都聽不到分毫，遊蕩在耳邊的，唯有空寂夜色。

不過一個愣神的功夫，裴渡聽見敲門聲。

這會兒時至夜半，怎會有人前來敲門，他直覺是夢，起身一望，卻見到門外一抹熟悉的影子。

謝小姐的影子。

裴渡睡意全無，立刻翻身下床，伴隨房門被打開的「吱呀」響，與屋外的來人四目相對。

謝鏡辭有靈力護體，並不覺得多麼寒冷，但見到裴渡那雙幽潭般的眸子，還是忍不住打了個哆嗦。

她怒火中燒。

她咬牙切齒。

她本以為今晚不會再出任何岔子，沒想到回到房中左右睡不著，一次接著一次翻身，充斥在腦海裡的，始終是裴渡講出的那幾句話。

即便他已經不在身邊，當謝鏡辭回憶起那段祈求般的呢喃，仍然忍不住在床上滾來滾去，雙頰滾燙。

然後她就聽到了系統的叮咚音。

『恭喜！相應場景觸發，人設啟用！』

『臺詞正在發放，請稍候……』

『夜半睡不著，如此孤單的妳，怎麼情願一個人獨自躺在大床上？妳渴望熾熱的體溫、強勁有力的心跳，如果得不到，動用一些手段也無傷大雅吧。』

謝鏡辭看著這行提示，以及下面跟著的臺詞與情節設定，發呆了一盞茶的時間。

最後還是被系統強制帶過來了。

「謝小姐。」與她視線相撞，裴渡略一愣神：「怎麼了？」

「我——」謝小姐說著一頓，似是羞於啟齒，將音量壓得很低：「我做噩夢了……一個人待在房間，很害怕。」

此時距離送她回房，並沒有經過太久時間，酒氣未退，謝小姐應該仍是醉著的。

不等裴渡反應，姑娘便上前一步，邁入他房中，語氣裡盡是哀婉柔和：「只要今晚就行，你能不能……陪著我？」

她步伐不穩，一個踉蹌，撲倒在他胸前。

謝鏡辭竭力平復情緒，深吸一口氣。

她早該想到的。

病嬌最難以忍受寂寞，也最會佯裝成可憐兮兮的模樣，一步步設下陷阱，把獵物往圈套裡勾。

其中以做噩夢為由提出同寢，是屢見不鮮的老套路。

倘若是以前，她罵罵咧咧幾句，等著被裴渡拒絕就好，可如今的情形卻是迥然不同。

裴渡很可能對她有一丟丟好感度，有可能不會拒絕。

更何況她在不久之前，還被撩得臉紅心跳。

『這有什麼好糾結的？妳不是想弄清楚，這小子究竟對妳有沒有意思嗎？』系統嘿嘿兩聲，一副狗頭軍師做派：『今晚就是個很好的契機啊！同寢不是小事，倘若他連這種事情都能接受，裴渡傾慕妳，豈不就是毋庸置疑？』

謝鏡辭驅動快要生鏽的腦袋努力思考。

好像有點道理。

「謝小姐，」裴渡遲疑一瞬，「謝府尚有諸多侍女，我們二人男女之防……」

謝鏡辭的聲音彌散在他胸膛，很低，尾音像若即若離的鉤：「你不願陪我？」

她說著又上前一步，裴渡毫無防備，下意識後退，等站穩之際，聽見木門被關上的吱呀響。

房門被謝鏡辭關上，臥房裡的光源，便只剩下窗外的朦朧月影，並不濃郁，被窗戶遮掩大半，宛如飄渺薄紗。

她又上前一步，將他逼得節節後退：「說得那麼好聽，想讓我多看看你……結果到了這種時候，卻連碰都不願意碰我，是想把我推給其他人嗎？」

她的話語毫不留情，裴渡聽得一怔，心上湧來窒息般的悶痛。

他怎麼會那樣想。

他只是……不敢觸碰，怕辱沒了謝小姐的名聲。

「謝小姐，」少年收斂心神，小心翼翼攏起她散落的黑髮，「夢見了什麼？」

「大家都不要我，四周都是黑的……只有我一個人，就算伸出手，也什麼都抓不到。」

謝小姐的聲音裡夾雜著哭腔，聽得他也覺得難受：「我叫你的名字，你卻一直不回應我。」

如若不是醉了酒，清醒時的謝小姐，斷然不會被噩夢嚇成這樣。

裴渡心裡發澀，聽她說起在夢中叫他的名字，只覺連骨頭都軟綿綿地化開，直到出聲回應，才發覺自己的聲音隱隱發啞：「別怕。妳先行回房，今夜……我在妳房外候著。」

懷裡的謝鏡辭動作一頓。

她兀地抬頭，瞳仁裡蒙了層微不可查的陰翳：「那你呢？你不睡覺嗎？」

「我們修真之人，本就不用夜夜入眠。」裴渡只當她被酒氣沖昏了頭，連這般人盡皆知的常識都忘了：「謝小姐只需想到我在屋外，便不會如此害怕。」

被毫不留情地拒絕了。

即便早有心理準備，謝鏡辭還是恍然一頓。

她說不清心裡究竟是什麼感受，硬著頭皮裝醉，繼續念臺詞：「……不要。」

裴渡微怔，聽她緩聲道：「如果沒有你陪在身邊，我定然睡不著——只要今晚就行，你陪陪我，好不好？」

少年陡然僵住。

因為距離很近，謝鏡辭能感受到他加劇的心跳。

她不知道裴渡的答案，胸口也生生揪起來。

其實按照劇本，他答應下來，後續情節才勉強能算得上「正常」。

一旦拒絕，按照病嬌占有欲異常凶猛的人物設定，哪怕用盡各種強硬手段，都要把心上人留在身邊，她——

「……謝小姐。」他並未沉默太久，嗓音竟是出乎意料的平靜：「妳喝醉了。」

這是明晃晃的拒絕。

謝鏡辭的腦袋轟然一炸。

糟．糕．了。

「我沒有。」她似是委屈，又像生出些許惱怒，語氣始終毫無起伏，黝黑的柳葉眼深邃如古井，即便映著月色，也仍是一片死寂：「你討厭我？」

四周靜了須臾。

裴渡下意識要出言反駁，卻感受到澎湃如潮的靈力。

屬於謝鏡辭的靈力源源不斷往外溢出，裹挾著凜冽刀風，在半空中凝成縷縷白線。

眨眼之間，白線似蛛網洶湧而來，不由分說攀附上他的手臂與腳踝，並不斷向上，觸碰更隱蔽的角落。

他承受不了這樣的觸碰，顫著聲音道：「謝——」

話音未落，便是一股疾風掠過。

謝鏡辭靈力湧動，稍一用力，就將他甩上床鋪，旋即絲線漸漸聚攏，如同繩索，禁錮住所有動作。

手腕傳來極淺的疼。

裴渡長睫輕顫，在逐漸清晰的視線裡，見到她一點點靠近的面龐。

謝鏡辭將他壓在身下，靈力翻湧如潮，自上而下，定定打量他的模樣。

因為開門匆忙，來不及整理，裴渡尚未束髮。

零散黑髮四散如霧，胡亂鋪在枕邊，其中一些軟綿綿垂在頰邊與耳畔，隨著呼吸微微起伏，襯出冷白面色，以及在月光之下，再顯眼不過的緋紅。

鴉羽般的長睫在不自覺顫抖，雙眼則映了水色，滿含著驚異與茫然，再往下，是略微敞開的衣襟，與纖細漂亮的鎖骨。

一張禁欲疏離的臉，身下卻是此等風光。

謝鏡辭心滿意足笑笑，為他撫去側臉上的黑髮：「這樣一來，你不就可以一直陪在我身邊了？」

——救命啊！太中二了太中二了！貴族學院憂鬱公主的威力竟然恐怖如斯！

謝鏡辭在心裡吐出一口老血，只希望裴渡被逼急了，不要一拳掄上來揍她。

她稍稍頓住，像是某種惡趣味，嘴角輕揚，指尖劃過裴渡臉龐：「好奇怪，這裡為什麼這麼紅？你身體不舒服嗎？」

「謝小姐。」奇怪的感覺席捲全身，她的目光如同烈焰，引出難以忍受的熱浪，裴渡拼命想避開，卻動彈不得，只能發出暗啞低喃：「……別這樣。」

謝鏡辭自然不會理他。

因為這微小的反抗，綁縛於周身的靈力愈發用力，從小腿繼續蔓延，引得少年咬牙顫慄。指尖自臉龐向下，來到被薄薄一層衣物包裹的胸膛。

她的手指力道不重，卻彷彿能深深刺入骨血，裴渡連呼吸都做不到，意識裡暴虐的巨獸在籠中瘋狂叫囂，被他硬生生壓回黑暗中。

渾身上下，連骨頭都像淌著岩漿，燙得駭人。

這種被死死禁錮的姿勢，實在難堪至極。

謝鏡辭在心口上按了按，另一隻手放在自己胸前。

「心跳也好快。」她語氣帶笑：「比我的心跳快多了……倘若沒有這件衣物，摸起來會不會更清晰一些？」

於是指尖緩緩向上，略微一挑，勾住少年單薄的、已然露出小片雪白的前襟。

救命。

這也太變態了。

莫說裴渡，連她都覺得頭腦發燙，指尖止不住地抖。

謝鏡辭面上帶笑，心裡慫到不行，眼淚嘩嘩啦啦，匯成雲京護城河。

而且就裴渡這副抵死不從的模樣，他似乎當真對她毫無心思。

強撩一個對自己毫無心思的人，尷尬程度簡直超出想像。

按照人物設定，她眼中本是噙著笑意。

然而頃刻間，盡數化作驚惶的不敢置信。

——探出的靈力轟然粉碎，身下襲來的疾風讓她毫無防備，手被人順勢抓住，整個人向下倒去。

她與裴渡的姿勢霎時對調，被不由分說按住。

他的氣息零散顫抖，脊背卻是僵硬如石，俯身之際，長睫籠下大片陰影，黑髮落在她頰邊與脖子上。

他的眼眶好紅，像是隨時都會落下眼淚。

謝鏡辭心裡莫名一晃。

雖然這個人設她也不喜歡，三番兩次硬了拳頭，但她應該……不至於這麼討人厭，輕輕碰一碰，就讓他雙眼通紅吧。

「謝小姐。」裴渡聲音很啞，如同裹著粗礪的沙：「妳喝了酒，這不是……妳真正想做的事情。如若一意孤行，明日醒來，妳會不開心。」

他當然也想伴她入眠。

倘若能陪在謝小姐身邊，看著她閉上雙眼，他能高興得整晚睡不著覺。

可她現在喝醉了，一切衝動並非本意，之所以想同他共寢，不過因為一場噩夢。

答應謝小姐神志不清時的要求，趁她醉酒占便宜……那簡直是混帳。

裴渡不願明日醒來，見到她驚恐與茫然的目光。他心甘情願慢慢等，等謝小姐清醒的時候，主動靠近他。

他淺淺吸了口氣，混濁的眸光漸趨明朗。

「聽話。」見她安靜下來，裴渡垂眸輕笑，聲線輕柔得像哄小孩：「我今夜一直在屋內，妳安心睡，別怕。」

接下來本來應該還有幾段臺詞。

但系統一瞬間突然沒了聲，再開口時，狠狠吸了口冷氣：『這種……誰能受得了啊，再變態再無理取鬧的人，都得好好消停吧？』

謝鏡辭也沒吭聲。

裴渡的嗓音溫柔得要命，帶著些許沙啞的低音炮，在黑暗裡掠過她耳朵，像是電流蔓延開，滲進每根骨頭。

她一絲反抗的力氣都不剩，只覺得骨頭發酥發麻。

這比直接應下與她同寢的要求，更讓人難以抑制地心動。

裴渡下了床，被子仔仔細細蓋在她身上，壓好每一個邊角。

謝鏡辭心跳凶猛，宛如洪水猛獸，把思緒吞噬得一乾二淨，也不敢再與裴渡對視，匆忙閉上眼睛。

裴渡沒再發出任何聲音，可她哪能睡得著。

向來沒心沒肺的謝小姐一邊裝睡，一邊淒慘地失眠，百無聊賴，只能在腦子裡敲敲系統：「你覺得，他是怎麼想的？」

系統：『很強，是個很強無敵的狠角色。你們要是搭戲，絕對能拿奧斯卡影帝影后。』

她哪是想問這個。

謝鏡辭不悅地翻了個身，皺起眉頭。

面前突然一股樹木香氣靠近。

謝鏡辭一動也不動，被子下的雙手忍不住暗暗捏緊。

『我知道了！』系統又是一笑：『妳不是想知道他對妳是何心意嗎？如果他偷親，就肯定心儀妳——小說電影裡都是這樣，一試一個準！』

偷——親——？

謝鏡辭的心臟呼啦啦懸到喉嚨。

裴渡真會那樣做？不可能吧？可是倘若他當真做了……是臉還是其他地方？

溫和的熱氣慢慢靠近，盤旋在她頰邊，從額頭到鼻尖到下巴，雖然並未真正觸碰，卻在毫釐之距的地方細細描摹，勾勒出她的面容輪廓。

謝鏡辭覺得自己被一點點蒸熟。

想必裴渡一直記得，她那個被噩夢所困、孤獨無依的謊話。

因此他才會在整日勞累後捨棄休眠，安靜地坐在床前，見謝鏡辭皺眉，小心翼翼握住她的手。

少年的嗓音已經褪去沙啞，清如盈盈皎月，極認真地對她說：「別怕，我抓著妳的手。」

言語究竟能不能通過耳朵進入夢裡，謝鏡辭並不知曉。

然而在靜謐夜色中，循著他的聲音，有什麼東西正中靶心。

砰砰直跳的心臟橫衝直撞，轉瞬之間，被揉成蜷縮著的皺巴巴一團。

那個一直困擾她的難題，不必詢問系統，在這一刻有了答案。
謝鏡辭用僅存的最後一絲理智想，萬幸這時入了夜。
所以裴渡才看不見她臉上驟然湧起的紅。

第十五章 歸元仙府

待謝鏡辭第二日醒來，已是日上三竿。

她在裴渡床上睡得很沉，乍一睜眼，甚至沒意識到這是別人的房間，抱著被子舒舒服服滾了三個來回，才突然心思一閃，想起昨日種種。

這是裴渡的臥房。

昨天夜裡……

謝鏡辭身形僵住，呆呆地把裹在被子裡的臉往外邊探出一些。

這會兒雖是正午，冬日的陽光卻不熾熱刺眼，從窗外懶洋洋灑下來，像是蒙了片盈盈生光的霧。

在霧團中央，床邊的書桌旁，坐著個身形筆直的少年人。

裴渡並未如往常那樣外出練劍，而是坐在木椅上，拿了書冊來讀，許是聽見她滾來滾去的聲音，朝這邊略微側過視線。

四目相對。

很快又不約而同地雙雙移開。

該死。

謝鏡辭胡亂摸一把亂糟糟的頭髮，耳朵莫名發熱。

被裴渡看到她披頭散髮，還裹著被子、像大蟲子那樣滾來滾去了。

所以他幹嘛要剛好在這種時候轉過來！

她沒說話，默默把腦袋又往被子裡縮了一些，聽見裴渡的聲音：「謝小姐……可還記得昨晚發生的事？」

不記得！當然不記得！她絕對不知道裴渡抱她哄她還悄悄握她的手！

謝鏡辭趕緊搖頭，搖完又覺得這樣的反應過於激烈，於是眉頭一皺，佯裝成剛醒酒時睡眼惺忪的模樣：「昨天我們說好了一起去放河燈，然後……」

她說著一頓，驚惶地睜大眼睛：「等等！你怎麼會在我的房——這是什麼地方？」

因為映著日光，裴渡臉上陡然湧起的薄紅無處可藏。

「這是我的臥房。我們昨夜並未發生任何事。」他哪曾遇過這種事情，顯然有些無措：「謝小姐做了噩夢，不敢獨自入眠，便在此處歇下。」

說到這裡，裴渡加重語氣：「我一直在書桌旁……真的。」

那聲「真的」說得綿軟無力，像是他自己也覺得心虛，謝鏡辭順著光看去，瞥見他攥緊袖口的手指。

對了。

這人好像，有點喜歡她。

謝鏡辭說不上心裡究竟是怎樣的想法，只覺得僅僅同他共處一室，渾身都能生出若有似無的熱。

她不懂裴渡為何要把這份情愫遮遮掩掩，不向任何人透露分毫，更想不明白，裴渡之所以會對自己上心的緣由。

他們之間的接觸寥寥無幾，除了學宮裡的比試，就只有幾次祕境探險時的短暫會面。傾慕裴渡的姑娘大有人在，他難道僅憑幾次你來我往的打鬥，就能對她另眼相待？那裴渡還不如和他的湛淵劍成婚。

想不明白。

不過——

之前在夢魘編織的夢境裡，裴渡一眼便認出她小時候的模樣……莫非他們兒時曾見過？

謝鏡辭情不自禁倒吸一口冷氣，背後發涼。

聽說裴渡出身低微，在被裴家收養之前，是個無家可歸的孤兒。

根據眾多話本的經典套路，這種從小孤苦無依的小孩總能在某天遇上一位官家小姐，小姐心地善良、笑靨如花，要麼替他療傷，要麼給他一些點心充饑，要麼在他被嘲笑欺凌時出手相助，只此一瞬，就成了他永生難忘的光。

好浪漫，好溫柔。

可謝鏡辭她是那樣的人嗎。

小世界裡的諸多歷練，教給了她一個道理：只有神才會精準扶貧。

身為整個雲京有名的戰鬥狂，謝鏡辭雖然也有過路見不平的時候，但往往由於下手狠戾、目光不善等等原因，一場架打完，無論是被救的可憐人，還是施加暴行的惡棍，都被嚇到動彈不得。

至於贈送點心、耐心療傷這種事情……啊，好累，好費事。

要是給每個遇見的小乞丐都送吃的治傷口，那她就不應該叫謝鏡辭，而叫謝謝女菩薩。

謝鏡辭自認沒那麼善良，更別提她中二爆棚脾氣爆炸、「上天入地我最無敵」的小時候，可無論原因如何，裴渡待她，總歸是與旁人有些不同的。

——那她呢？

謝鏡辭不知道。

按理來說，她對裴渡所知甚少，不應當對他生出多麼旖旎的心思，可無論是當年答應婚約，還是毫不猶豫前往鬼塚找他，如今細細思索……

似乎總藏著幾分貓膩。

裴渡見她愣著沒說話，以為酒勁未散，低聲道：「謝小姐，需不需要醒酒湯？」

醒酒湯，一種以毒攻毒、用苦味強行拉回理智的凶器。

謝鏡辭立刻搖頭：「我們當真沒做什麼？」

他應得毫不猶豫，眼底是隱隱的、慶幸一般的笑：「嗯。謝小姐昨夜裡，可還做了噩夢？」

「……不記得了。」謝鏡辭想起他那聲呢喃似的低語，又覺心頭一動，嗓音被悶在被褥裡頭：「謝謝你。」

謝府內還有其他人，要是有誰心血來潮，突然上門拜訪裴渡，見她躺在床上，恐怕兩人跳進護城河也洗不清。

謝鏡辭給自己匆匆用了個除塵訣，比起道別離開，更像是心懷鬼胎、落荒而逃。待她轉身離開，房門被輕輕關上，發出的吱呀聲響如同曖昧不明的笑。

沒有她的身影，臥房便陡然安靜下來。

裴渡沒有動作，仍保持著筆直坐在書桌前的姿勢，隔了好一會兒，才長睫微垂，唇邊勾出淺淺的笑。

昨夜發生的一切恍如隔世，哪怕是他自己，都驚訝於當時說出那些話的滿腔孤勇。

今早他坐在這裡，手裡雖然捧了書冊，腦子裡想的，卻盡是謝小姐醒來後的反應。

醉酒後的困惑茫然，得知他心意後的刻意疏離，甚至被他占了便宜、留在這間房屋後的羞惱憤怒。

萬幸她什麼都不記得，省去了他胡編亂造的麻煩。

日光如水，被他突然起身的動作悠悠一晃。

裴渡身量高挑，立在白晝之下，宛如筆挺瘦削的長劍，自帶凜然風骨，眉目如畫，高不可攀。

他一步步靠近床鋪。

謝鏡辭臨走前整理了一番，把被褥整整齊齊鋪在床上，他掀開厚厚的玉蠶被，嗅到似有若無的清香。

床單上殘留了凹凸不平的褶皺，讓他想起謝小姐抱著被子翻滾的模樣，如同中了焚心的蠱毒，少年無言伸手，觸碰她曾躺下的位置。

尚有餘溫，很淡，卻燙得他指尖微顫。

修長白皙的右手緩緩向上，撫過絲絲褶皺，來到略有凹陷的枕頭。

裴渡一面觸碰，一面唾棄自己的無恥，倏而瞳色漸濃，溢出自嘲般的淺笑。

他從很久以前，就已經這麼瘋了。

被日光拉長的影子緩緩躬身。

無比卑劣地，他將臉埋進枕頭。

歸元仙府開啟之日很快來臨。

從千燈會以後，系統沒再發出什麼任務，裴渡同樣拘謹守禮，未曾與她有過親暱接觸。

其中最重要的原因，是謝鏡辭在玄武境拼了命打怪升級。

她識海受損，聽藺缺所言，是被破壞了一小片，導致修為退化幾個小階。

歸元仙府中的祕寶雖被瓜分殆盡，但聽聞仙府之主精通奇門詭術，於祕境內設下不少陣法，倘若不慎遇上，很是難纏。

因為實力不濟而死在陣法裡，聽上去著實算不上多麼光榮的事蹟。

玄武境裡幻境眾多，主要用於磨練神識與身法，恰好與她神識受損的情況極為相貼。

謝鏡辭堪比二十一世紀網癮少年，幻境一開，誰都不愛，眼裡只剩下心愛的鬼哭刀，面對浩浩蕩蕩襲來的妖魔鬼怪，拔刀就是一通亂殺。

連莫霄陽都看呆了。

「我一直以為，像我那樣的修煉方式已經夠可以了。」馭劍前往歸元仙府的路上，少年搖頭嘖嘖：「沒想到一山更比一山高，人外有人天外有天啊！謝小姐真乃我輩楷模，砍魔獸跟切菜似的，吃飯睡覺全忘了。」

玄武境裡的幻境多種多樣，有面對魔物狂潮的抗壓戰，也有和大能單打獨鬥的高端局。

謝鏡辭自然有吃虧的時候，等後來的對手越來越強、難度越來越大，面對鋪天蓋地的突襲，她無處可躲。

可她像是不怕疼，即便被傷得口吐鮮血、遍體鱗傷，居然還能不鬆開握刀的手，衝上前繼續拼個你死我活。

用謝鏡辭本人的話來說，是：「連幻境都挺不過去，以後真正遇上了該怎麼辦？而且你不覺得很刺激嗎！不到最後一刻，永遠不知道會發生什麼事情，那種極限反殺的感覺超棒！」

就，不愧是她。

「哇，你們快看！」身為體修，孟小汀沒有劍或刀用來支撐飛行，也不可能憑空飛來飛去，這會兒站在謝鏡辭身後，聲音被狂風打散：「歸元仙府的入口到了！好多人啊！」

仙府之中靈氣彙集，自然吸引來一眾渴望進階的修士。

歸元仙府位於駁山的瀑布之中，如今即將開啟，飛流而下的水瀑激起千層浪花，隱有光華四濺，暈開空蒙的靈氣。

謝鏡辭目光淡淡，隨著距離越來越近，自上而下望去，認出幾個熟悉的面孔。

雲京城裡多次找孟小汀碴的那群高門子弟、被簇擁在人群中央的龍逍，還有裴家的裴明川與裴鈺。

兩個手下敗將。

她不露聲色，視線悠然一晃，落在裴鈺腰間。

自裴渡身受重創、跌落懸崖，手中湛淵劍因他筋骨盡斷而落地，便被裴鈺拾起，試圖馴化為自己的所有物。

長劍尚未出鞘，就已散發出冰雪般冷冽的劍意。可惜他的馴化似乎並未生效，感受到裴渡靠近的氣息，湛淵猛然一震，發出低弱嗡鳴。

自劍塚帶出的認了主的劍，可不會輕而易舉跟著小偷。

謝鏡辭眼底生出一抹笑。

她上回在玄武境裡遇見裴鈺，由於一切皆乃幻象，湛淵只不過是神識化出的，並不具備自我意識，因而才能為他驅使。

至於現在，恐怕連拔劍出鞘都難，之所以放在身上，頂多為了彰顯神器的威風。

之前在幻境裡奈何不了這人的真身，如今實打實遇上了……

簡直就是在明晃晃地提醒她，得想個法子把劍奪回來。

就算想不出法子直接硬搶，那也是物歸原主，裴鈺想哭，都找不到說理的地方。

感受到湛淵的震動，裴鈺心有所感，目光陰沉地抬頭，就對上謝鏡辭滿含挑釁的視線。

這臭女人——

「你們來了。」

龍逍一眼就看見四人身影，站在人群裡揮揮手，咧嘴微笑。

莫霄陽看著環繞在他身側的諸多少年修士，目瞪口呆：「龍道友居然這麼受歡迎？」

謝鏡辭：「他可是學宮裡常年不變的人氣前三甲。」

龍逍出身名門，相貌周正俊朗、性情豪爽外向，結識不少志同道合的朋友，無論什麼時候遇見他，都是人群裡眾星拱月的那個。

她說罷一頓，視線匆匆掃過自己這邊。

謝鏡辭，心高氣傲，人盡皆知的不好相處，一年到頭一大半的時間都用在修煉上。

裴渡，高嶺之花，看上去溫溫和和，其實對誰都稱不上親近，也是個從早到晚抱著劍的呆子。

莫霄陽，從鬼域而來，人生地不熟，除了他們幾個朋友，和修真界的人連話都沒說過幾句。

孟小汀就更不用說了。

……唉。

果然人以群分，慘。

「仙府主人號曰『雲水散仙』，是個精通符法、幻術與奇門遁甲的奇人，聽說她還自學過傀儡術，在仙府內布置無數機關。」謝鏡辭道：「聽聞她一生鑽研『情』之一字，機關多與欲望、恐懼、憎惡相連。待會兒祕境打開，我們會被送往隨機各處，無論遇到什麼，都切記平心靜氣，不要被幻象所困。」

「不只恐懼憎惡，聽說有情人之間的愛意，也是那位前輩極感興趣的。」龍逍不知什麼時候告別人群，倏地竄到她身邊，面上笑意不改，一派正道之光的模樣，嗓音卻是刻意拿捏過的低沉悅耳：「想進入仙府，每個人都會被送入幻境，先經過考驗。若是相熟之人，說不定能進入同一場幻象。」

又開始了，努力搖頭晃尾巴的花孔雀。

謝鏡辭被他矯揉造作的聲音逗樂，低頭輕咳一聲。

孟小汀沒察覺貓膩，接話道：「聽說幻境千奇百怪，也不知道能不能通過。」

她說著苦了臉，眉頭一皺：「那位前輩應該不會故意嚇唬我們吧？」

「雲水散仙性情古怪，還是多注意些才好。」龍逍抿唇一笑：「我托家中工匠做了個小玩意，正好剩下一些，不如贈予各位，或許能派上用場。」

他一邊說，一邊低頭拿出儲物袋，伴隨白光倏然，手中赫然出現四枚銀鈴。

「這鈴鐺施了祕咒，有正心驅邪之效。只需輕輕一搖，便能清心凝神，把神識拽回正軌。而且你們聽，這銀鈴的聲音——」

不知出於什麼緣故，談及鈴鐺聲音時，龍逍耳根竟然生了幾分淺紅，嘴角更是情不自禁往上揚。

當他正色一抬手，銀鈴之聲響起，謝鏡辭才終於明白原因。

不是叮叮，也不是哐噹，當銀鈴隨著指尖微晃，傳到耳邊的，竟然是道正氣凜然的少年音。

龍逍的嗓音堪比播報廣播體操，不絕於耳，反覆循環：『別怕，這是幻境！別怕，這是幻境！』

謝鏡辭覺得，這玩意……

孟小汀果然露出嫌棄的表情。

「工匠封存了我的聲音，比鈴鐺響更有用。」龍逍目光真摯，朝她遞來第一枚：「謝小姐，妳一定會收下，對吧。」

她老工具人了。

謝鏡辭：「……」

謝鏡辭強忍不適，在此人無限循環的「別怕」聲裡道了謝，接下銀鈴。

莫霄陽和裴渡同樣收下，前面三人都做了表率，孟小汀就算覺得這鈴鐺極其鬼畜，恐怕會造成精神汙染，也不得不接。

龍逍面不改色，唯有髮尾被興奮外溢的靈氣沖上半空，以詭異的弧度翹起來搖搖晃晃：「諸位若是覺得害怕，用它便是。」

他語氣如常，略作停頓：「仙府開啟的時間……應該快到了。」

歸元仙府大開之際，謝鏡辭先是聽見一聲悠長清唳。

高山飛瀑氣勢恢宏，如銀河傾瀉，墜下繁星萬千。四周是一碧如洗的藍天，祕境入口之前，卻籠了層輕粉煙霞，將頭頂的天空同樣染成粉色，薄雲翻滾，霧氣升騰。

倏然水波一滯，瀑布竟向兩側轟然蕩開，如同掀開層層白簾，於嶙峋石塊之間，露出一道瑩白裂痕。

那便是仙府入口。

「地圖人手一份，等入了祕境，大家都去花榭集合。」謝鏡辭挑眉笑笑：「不要當最後來的那個哦。」

「幻象有什麼好怕的？」莫霄陽摩拳擦掌：「咱們來比一比，誰能第一個趕到那裡！」

對於幻境，謝鏡辭並未恐懼。

她從小到大很少怕過什麼東西，無論妖魔鬼怪，拔刀硬砍便是。

歸元仙府詭譎莫測，她本已做好了拔刀的準備，然而當謝鏡辭穿過入口，再睜開雙眼時，並未見到想像中的屍山血海。

雖然與屍山血海一樣，入目皆是刺眼的紅。

這場景……她好像有點熟悉。

謝鏡辭恍然一愣，心有所感，一抬眼，果然見到同樣茫然的裴渡。

還是同樣的配方，還是熟悉的味道。

和那次夢裡一樣，他們兩人再度穿著婚服，被送入了洞房。

只不過這次的氣氛，與夢裡大不相同了。

「謝小姐。」裴渡猜出這處幻象的名字，喉頭微動：「這裡是——」

謝鏡辭太陽穴突突直跳，替他說完接下來的兩個字：「……情境。」

可惡。

她的運氣也太太差了吧！歸元仙府裡那麼多大大小小的幻象，怎麼就偏偏讓她遇上這一遭——尤其是和裴渡。

情境，顧名思義，需用情來勘。

這算是雲水散仙的一個惡趣味，傳聞她一生鑽研「情」之一字，無論男女之情、親子之情還是友誼之情，都心懷好奇，因此創造了這個幻象，以供研究人與人之間的情愫。

唯有情到濃時，讓幻境心覺滿意，才能順利從中脫出。

謝鏡辭心裡一團亂麻，把視線往上移。

在婚房中央，懸浮著一粒白芒。

幻境本身沒生眼睛，也無法感知境中人的情感波動，正是透過此物，觀察房間裡所有的風吹草動。

若是在以前，她還能像夢裡那樣肆無忌憚調侃一番，再毫無壓力地與裴渡演上一段時間假夫妻，但——但裴渡喜歡她。

這就，真的很要命。

「謝小姐。」裴渡用了傳音，語氣正經：「我可以先用靈力重創自己，妳只需在床邊看護幾日，應該就能脫離幻境。」

好傢伙，一場新婚夫妻的恩恩愛愛，硬生生被他演成了不離不棄照顧重症傷患。

謝鏡辭真想鑽進他腦袋裡，看看這人整天都在想什麼東西。

倘若用了這個法子，她雖然能從幻象脫身，但裴渡一個直挺挺躺在床上的木頭，絕不會被允許從中脫離。

到時候他滿身是被自己打出來的傷，孤苦無依倒在這鬼地方……

謝鏡辭想想就頭疼。

謝小姐皺了眉。

雖然早就料到她不會接受這段幻境，但親眼見到她毫不猶豫拒絕的模樣，裴渡還是心底一空。

她終究……是不願同他成婚的，哪怕只是逢場作戲的幻境。

他說不清心裡究竟是怎樣的感受，沒有多麼透骨的劇痛，只是隱隱發悶，空落落的，從心底裡牽出藤蔓一樣的疼。

「此番進入仙府，正是為了治療謝小姐的神識，我就算出不得幻境，待仙府關閉之日，也會被傳出──」

他還在用傳音說，忽然聽見腳步聲。

四下聽不到任何聲音，這腳步聲雖則輕，卻無比清晰撞進他耳中，引得少年長睫微顫，抿唇抬頭。

一隻手輕輕握住他的掌心。

「婚約訂下那麼久，今日卻遲遲才來，著實讓人等得心焦，你說是吧？」

謝小姐毫無徵兆地靠近他，裴渡下意識後退，腳跟卻撞到堅硬的床板，一陣踉蹌下，跌在床上，後腦勺落進綿軟被褥之中。

謝鏡辭被這個慌亂失措的動作逗笑，柳葉形狀的雙眼柔柔一彎，眼底淌出清潤的光。

她說這句話的意思是——

裴渡一顆心高高懸起，像被繩索陡然縛緊，連跳動都沒了勇氣。

他感到逐漸蔓延的熱。

而謝小姐俯身而下，指尖微動，劃過他僵硬的掌心，薄唇開合，笑著低語：「相公。」

纏在心頭的繩索轟地縮緊，又在頃刻之間炸開。

他幾乎要以為眼前的謝鏡辭也是假像，還來不及呼吸，就被糖漿的清甜填滿，不剩下絲毫空隙，只能蜷縮著輕輕一顫，唯恐戳破幻境。

好在須臾之後，終於匯入零星實感。

謝小姐的聲音透過傳音來到耳畔，與方才含情帶笑的口吻截然不同，淡漠得聽不出喜怒：「幻象之中，不如順著它的意思來，如何？」

裴渡無聲勾了勾唇，點頭。

他不知曉的是，謝鏡辭同樣緊張。

她不清楚自己對於裴渡的心意，總覺得兩人之間像是隔了層濃霧，看不清許多情愫。

但毋庸置疑的是，除了裴渡之外，無論面對哪個男修，她都不會做出這種動作，講出那兩個字。

謝鏡辭覺得很恐怖。

即便不知道來由，但她可能也有那麼一點點喜歡裴渡。

可能，大概，也許。

既然他沒有將一切戳破，她不清楚自己心中所想，便順勢佯裝不知，逐漸試探。

等歸元仙府關閉的時候，倘若對他沒生出任何綺想，就直接了當地拒絕；倘若她當真懷有不可言說的心思……

謝鏡辭破罐子破摔地想，那就壁咚加強吻，料他也不會拒絕。

——雖然不像正經人會幹的事，但她就是這麼霸道的反派角色怎麼樣！

懸在屋子裡的白芒悠悠旋轉，寂靜無聲。

裴渡被她壓在身下，面頰被紅衣襯得冷白，平日裡矜貴清冷的臉，無端浮起朦朧豔色。

謝鏡辭能清楚見到他臉上的紅。

胸膛一點起伏也沒有，想必是屏住了呼吸，不露聲色，也可愛至極。

好奇怪。

一想到裴渡可能喜歡她這件事，謝鏡辭就情不自禁地感到高興。

嘴角會忍不住翹起來的那種高興。

她莫名開始笑，沒有系統搗亂，神色與動作更加自然，垂眼打量他緊繃著的面龐，往酒窩的位置戳了戳。

裴渡的睫毛又是一顫，連眼底都湧上緋紅。

「能與夫君成婚，我高興得不得了。」這些話沒有經過演練，無比自然地從她口中溢出，像是早已牢牢印在心頭，連謝鏡辭自己都覺得奇怪：「還記得我們在學宮的時候嗎？」

她用很輕的聲音說。

「你日日在不同地方練劍，鮮少能與我相見，我便特地觀察你前去練劍的時機與規律，刻意同你撞上，佯裝成偶遇，簡單打個招呼。」

「有時學宮領著我們前去祕境探險，那麼大的地方，我總跟小汀說，想要四處走一走，瞧瞧各地機緣。其實機緣是假，想找你是真，若能在祕境遇上你，只需一眼，就能讓我覺得高興。」

謝鏡辭不由佩服自己胡編亂造的功力，居然能把謊話說得如此渾然天成、脫口而出。幾段話下來，連她都不禁懷疑，自己是不是當真暗戀過裴渡。

「夫君。」她說著一笑：「我這樣喜歡你，你對我呢？」

裴渡抬眸望著她。

太近了。

當還是個懵懂幼童的時候，他就習慣了無言仰望，地上的蟲子無法肖想太陽，因而一切情愫都被硬生生碾碎，再壓回骨血裡頭。

可如今不同。

謝小姐一次次主動靠近他，如同在他心上綁上一個小鉤，彼此間的距離模糊不清，看不清晰界限。

裴渡不知道，此時此刻她口中說出的話裡，幾分是真，幾分是假——以謝小姐對他的心思，或許從頭到尾，都是為了哄騙幻境而說出的謊話。

那都不重要了。

當身邊的一切皆成虛妄，任何言語都難辨真假。

他終於能毫無顧忌地，把藏在心底的祕密親手剖開，無比虔誠地獻給她。

那是陪伴裴渡度過無數個日日夜夜的，難以啟齒、也微不足道的祕密，如今以謊言的方式，來到他舌尖。

窗外響起冷風的嗚咽，木窗被搖晃得吱呀作響。

少年喉結微動，靜靜待她說完，見謝鏡辭沒再言語，忽而溫聲開口：「接下來呢？」

……接下來？

謝鏡辭怔住。

由於反派系統裡千奇百怪的人物設定，她悖著本心，對裴渡做過不少堪稱「親暱」的事，例如上藥、撫摸，乃至撲倒。

但也只是這樣了。

無論氣焰多麼囂張，反派永遠不可能真正得手，因此在系統給出的劇本裡，她往往演到一半，任務便戛然而止。

在那之後，撩撥完畢後的下一步應該如何，謝鏡辭從沒想過。

空氣裡是冬日綿密的涼，風聲消匿了行蹤，在四下幽靜裡，謝鏡辭卻感到驟然騰起的熱。

裴渡的視線自她眉梢向下，像是安靜卻炙熱的火。

「謝小姐。」手掌虛虛撫上她側臉，攜來一團柔軟的熱：「我對妳——」

身下的少年眸色烏黑，眼尾勾弄般地往上微揚，溢開瀲灩水光。

裴渡沒有笑，似是極為緊張，目光定定落在她臉上，彷彿要將眼前人的模樣牢牢烙在心底，半晌無言，忽地長睫一動。

他薄唇輕啟，眼底染上淺淺的、近乎癡迷的笑：「……思之如狂。」

那隻生了薄繭的手，終於落在她面頰之上。

猝不及防貼近的溫度，讓謝鏡辭下意識屏住呼吸，下一瞬，僵硬的身子便接觸到另一股更為不由分說的力道。

這是「接下來」的劇情。

裴渡動作很輕，緩緩一帶，毫不費力地反客為主，把她壓在身下。

紅燭搖曳，破窗而入的夜風撩動層層紅紗。

變幻的光與影填滿整間房屋，入目是搖墜不定的紅、月色皎潔的白，與流水一般浮動著的昏沉夜色。

謝鏡辭聞到越來越濃、越來越近的樹香，少年的溫度勢如破竹，衝破寒冷冬夜，靠近她。

謝鏡辭兀地睜圓雙眼。

等、等等，這是——她下定決心要對他做的，壁、壁咚加強吻？

劍風一動，斬滅躍動的火光。在清清冷冷的月光下，紅帳內映出兩道逐漸貼合的影子。

裴渡垂眸，掩下眼底晦暗不明的色彩，右手順勢上抬，稍稍用力，扯落束髮的髮帶。

絲絲縷縷的黑髮倏然下墜，有如長瀑流瀉，遮掩兩人近在咫尺的側影。

他用目光描摹出姑娘唇瓣的輪廓。

然後屏息，俯身。

陡然靠近的氣息溫溫發熱，將謝鏡辭包裹。

雨後林木的清香彷彿融進了血脈，撩在她心尖之上，發癢發燙，一抬眼，便能見到裴渡無比貼近的面龐。

她不敢動，前所未有地緊張。

如預想中如出一轍，少年的薄唇停在與她毫釐之距的地方，黑髮傾瀉而下，將這份距離遮掩，從側面看去，兩人真如同接吻一般。

哪怕在幻境的強制要求下，裴渡也並未唐突她。

他向來克制，將所有情愫牢牢壓在心底，比起滿足一時私欲，更在意的，是不讓謝鏡辭感到難堪。

兩人靠得極近，鼻尖對著鼻尖。

裴渡刻意屏了呼吸，當謝鏡辭抬起視線，一眼就能望見他漆黑的瞳。

較之修真界中活了千百年的老油條，少年人的瞳仁乾淨澄澈，如同溫和清幽的潭，這會兒映了些許朦朧月色，在與她對視的剎那倏然一動，長睫輕顫，水霧亮盈盈地四散。

這分明是裴渡主導的動作，他卻顯得同謝鏡辭一樣緊張。

這種姿勢讓人心慌。

倘若唇與唇直接對上，將窗戶紙倏地捅破，一切心思得以開誠布公，便也不會像此時這般若即若離，曖昧難當。

謝小姐的目光慌亂不堪，透著月色，裴渡見到她被染紅的臉。

紅燭喜窗，佳人月下，在與謝小姐訂下婚約後，他曾無數次想像過這一天，每每念及，都情不自禁地揚唇。

然而當這一天真正來臨，他卻因為一時的衝動與情欲，違背她的心意，做出這種事情。

他定是把謝小姐嚇了一跳。

身下的姑娘愣愣地看著他，目光裡雖有驚惶，卻並未如裴渡想像中那樣，面帶嫌惡將他推開。

因為這個反應，被緊緊揪住的心口，兀地蹭上一抹甜。

她竟……沒有拒絕。

裴渡懊惱自己的唐突，卻又甘心沉溺於這段距離之中。

久旱的野草太久未見雨露，哪怕遇上幾點水滴，都會情不自禁想要追尋，更何況，此時這份心情，遠遠不只幾滴水露。

他用神識告訴她：「謝小姐，冒犯了。」

如此正人君子，右手卻輕輕一動，強忍指尖僵硬，撫上謝鏡辭白皙的側臉。

謝小姐的側臉極軟，滾滾發燙，當他指尖輕觸，像是落在柔軟的水面上。

裴渡習慣握劍除魔，無論多麼堅固的壁壘，都能一劍破除，然而此時遇上這份溫軟，卻一時亂了陣腳，不願鬆手離去，也不敢太過用力，彷彿稍微往下一按就會碎掉。

他實在是道貌岸然，藉著離開幻境為由，近乎貪婪地索取她的溫度。

謝小姐不清楚他這齷齪的心思，被茫然蒙在鼓中，不知道與自己四目相對的，是個可恥的騙子。

裴渡心底既甜又澀，所有感覺冗雜地混在一起，讓他眸光微暗。

「謝小姐……還請再忍耐一番。」他極盡輕柔地安慰哄騙：「我知妳不喜觸碰，倘若心生氣惱，待離開幻境，大可降罪於——」

傳音戛然而止。

修長的手僵在原地，裴渡心口一炸。

謝鏡辭被他壓在床褥之中，長髮凌亂散開，描了紅的眼尾稍稍一挑，好似月下攝魂的女妖。

她並未多做言語，在他說到大半的時候，突然抬起雙手，輕輕搭在他後頸上。

精心保養過的手掌柔若無骨，軟綿綿撫過皮膚，因著兩人此刻曖昧的動作，平添幾分纏綿悱惻的味道，無聲一滑，激得他脊背僵直，動彈不得。

「都是為了離開幻境，我明白。」她一面給予回應，雙手笨拙地環住裴渡，一面悶悶道：「……而且這樣，我也沒有很討厭。」

緊繃著的心臟開始砰砰跳動，裴渡不敢置信地一怔。

謝小姐說……她沒有很討厭這個動作。

他腦子裡前所未有地亂，整個人變成一動不動的雕塑，下意識想找個沒人的地方，把自己裹成一團又滾又跳。

裴渡想笑，抿了唇卻沒忍住，眼底溢出清淺的笑意，又聽她調侃般輕聲道：「裴渡，你一直屏息不累嗎？真有這麼緊張？」

他本就緊張到動彈不得，心思被謝鏡辭戳穿，只覺耳後又是一熱，猛地吸進一口冷氣。

兩人氣息交纏。

「我們既已如此，幻境為何還沒有結束？」

謝鏡辭只想調侃他一句，沒想到當裴渡溫熱的吐息湧來，竟讓氣氛變得更加曖昧，令人渾身發熱。

她搬起石頭砸自己的腳，也生出了拘束之意，努力轉移話題：「難道我們少做了什麼步驟？」

雖然借了位，但親吻和擁抱都已經實現，伴侶之間能幹的事兒無非那麼幾種，除此之外，就只剩下——

謝鏡辭大腦轟隆隆。

……應該不會吧。

這地方無論如何，都是個正兒八經的仙府祕境，倘若強迫來到此地的男女做出違心之事，雲水散仙的名號豈不得砸爛？

這句話說得直白，裴渡哪怕不精通男女之事，也能聽出意思，眸光陡暗，攥緊手下床單：「謝小姐，等我引劍氣入體，妳記得避開——勞煩小姐在床前照料數日，多謝。」

他竟是沒做多想，直接選擇了最初被廢除的「我打我自己」方案。

謝鏡辭見他要起身，趕緊加大手中力道，摟著脖子把裴渡往下壓：「別別別！既然那位前輩鑽研『情』之一字，定不會拘泥於——」

這句話沒能說完。

裴渡對她的動作毫無防備，沒有任何抵抗，身體竟順勢往下，跌在她身上。

本就距離極近的唇，沒有徵兆地陡然貼近。

他反應很快，有意避開，薄唇堪堪一偏，雖未觸及謝鏡辭唇瓣，擦過她嘴角。

像一道電流從嘴唇肆無忌憚地蔓延生長，裹挾著萬鈞之力，直沖腦海。

原來緊張到了極致的時候，連心跳都會停下。

這是裴渡追隨了太久太久的太陽。

他——

「對不起，謝小姐，我——」

他倉皇起身，腦中一片空白，匆忙伸出手去，擦拭她被碰到的嘴角，話到嘴邊失了言語，不知道應該如何往下說。

他聽旁人說過，親吻是情人才會做出的舉動。

幻境中最忌假戲真做，這個動作過於輕薄，定會惹她厭煩。

拇指一下又一下撫過嘴邊，如同要用力拭去某種汙穢，裴渡心胸發冷，在一片寂靜夜色裡，忽然被人握住了手腕。

他不敢動彈，耳邊傳來無可奈何的笑。

謝鏡辭這回沒用傳音，清凌凌的聲音格外悅耳動聽：「夫君何出此言？」

心尖上沉悶的寒冰轟地碎開。

裴渡怔怔看向她的眼睛。

謝鏡辭沒有迴避，忍下心跳如鼓，對上他的視線。

裴渡擅長隱藏情緒，在大多數時候，都保持著清潤安靜的模樣。

她很少見到他這樣失控的時候，滿目皆是無措與驚惶，或許連他自己都沒發現，眼尾和眼眶都浸著薄紅。

他在害怕。

害怕……被她討厭。

她頭一回無比真切地意識到，也許裴渡並不是「有一點點喜歡她」。

連謝鏡辭自己都未曾想到，被觸碰到唇角的剎那，她非但並不反感，無意瞥見他眸底的紅，甚至心下一酸，想按住他的腦袋，把這個吻的姿勢擺正。

……她真是瘋了。

這個念頭很快被強壓下去。

她弄不清自己對裴渡的感受，或許是同情，或許是惺惺相惜，又或許只是一時興起，被他的心意所打動。

在不能給出明確的答覆前，她不能仗著這份喜歡肆意妄為，做出逾越規矩的舉動。

倘若當真吻上去，給了他不合時宜的、虛妄的希望，待祕境結束，她卻並未生出與裴渡共度餘生的念頭……

像那樣把希望硬生生碾碎，對他無疑是殘忍的折磨。

裴渡喜歡她。

謝鏡辭想，她不能踐踏這份心意，讓他難受。

此次祕境結束，她定會做出了斷，給裴渡一個答覆，至於在那之前，她會順從心意對他好，但絕不會過火。

握在手腕上的纖長手指無聲鬆開。

謝鏡辭傳音道：「是我的疏忽，與你無關，不必在意。」

裴渡還是呆呆地看著她。

「這個幻境看重『情』，想勘破，恐怕並非一時之功，不如靜候一段時間，順著它的心意來。」

謝鏡辭做事一向認真，在來到歸元仙府前，把前人記錄的所有幻境都看過一遍。

她與裴渡所在的「情境」，自然也在其中。

情境乃是用來檢驗真心之地，被傳入其中的，往往是戀人、親屬或夥伴，根據彼此關係不同，幻境裡的情景也大不一樣。

有些人運氣好，無意之間真情流露，被幻境察覺，直接送出；有些人不那麼走運，在此地逗留許久，被安排一大堆莫名其妙的劇情，身心皆是慘遭折磨。

——雲水散仙性情乖戾，尤愛玩弄人心，置身於幻境之中，兄弟反目、道侶相殘之事屢見不鮮，十足的惡趣味。

只希望她和裴渡不要遇上這種糟心事。

破境萬萬不可急於求成，謝鏡辭面色不變，繼續對他傳音：「今夜……我們便以夫妻之禮相待，如何？」

裴渡覺得，自己像在做夢。

幻境裡的一切順遂得不真實，謝小姐緩緩褪了婚服，著一襲裡衣，正躺在他身邊。黑髮蜿蜒，與他的交纏在一起。

他不知應該做出怎樣的姿勢，目光應該投向何處，試探性喚了聲：「謝小姐。」

謝鏡辭懶懶地應他：「嗯？」

裴渡停頓半晌，喉頭微動：「我能不能……抱著妳？」

他許是覺得唐突，側過身去面對她，辯解般補充：「我聽人說，夫妻大多是相擁而眠，要想騙過幻境，說不定這樣更快。」

不等他有所動作，身側的姑娘便輕笑一聲，縮入他懷中。

謝小姐若是細細去聽，定能聽見他驟然加速的心跳。

「對了。」出於緊張，她的音調比平日僵硬一些，卻帶著笑：「你方才叫我什麼，相公？」

裴渡安靜了好一會兒。

他的嗓音溫和似春風，像是小心翼翼的試探，被壓得有點啞：「……夫人。」很好聽。

謝鏡辭心口微動，感覺有股熱氣籠上後背。

裴渡輕輕抱住她，衣物與被褥摩挲時，發出讓人臉紅的細微聲響。

這股極致的溫柔像貓爪撓在她心口，如同被溫水包裹，水波溫潤，一下又一下地漾開。

謝鏡辭想要弄清這份溫柔的來由。

鬼使神差地，她忽然開口：「裴渡，我們小時候……見過面嗎？」

裴渡愣住。

這個問題沒頭沒腦，謝鏡辭原以為他會含糊其辭，亦或直接否認，卻猝不及防，聽見裴渡應了聲「嗯」。

她倏地抬頭，與他四目相對。

他不顧謝鏡辭的驚訝，眼底不知為何浮起一抹笑，彷彿在說一件與自己毫不相干的小事：「曾與謝小姐有過一面之緣。當年浮蒙山妖亂，承蒙小姐相救。」

她不記得，裴渡心知肚明。

對於他來說，那是心之所向、念念不忘，對於謝鏡辭而言，浮蒙山之行，不過是再尋常不過的一次伏魔降妖。

謝鏡辭與那麼多人擦肩而過，他只不過是其中之一。

更何況那時的他毫不起眼、落魄至極，帶著滿身的血躺在角落，偶爾有醫修過來診治，都覺得骯髒不堪。

謝小姐見到他的第一眼，連眉頭都沒皺一下。

她見過太多與他相似的人，因而只是不動聲色移開了視線，就連後來救下他的性命……

就連後來救下他的性命，她頂著滿臉的血，都要忍痛狠狠敲他的腦袋，滿眼都是怒意：「你去送死嗎？白癡！」

他一直不太能討她歡心。

謝小姐臨走前沒有道別，裴渡從昏迷中醒來，才知曉她已離去。

那天他在修道者離開的山頂站了很久，臨近下山，才發覺衣袖的口袋裡被塞了什麼東西。一瓶療傷的丹藥。

還有張字跡龍飛鳳舞的紙條：『藥比你貴，好好保管，別尋死了，呆子。』

大家都說，道長們是從天上來的人。

他對修真界一無所知，想起謝小姐，便抬頭看天空一眼。

遙不可及的天空。

她在高高的天上，他卻陷在泥濘塵埃，連碰一碰她的衣角，都只會將它染髒。即便後來被裴家收養，修習劍術、換上新衣，裴渡也下意識不敢靠近。

和她相比，他總是顯得弱小無力。

浮蒙山。

她小時候心高氣傲，除了練刀，便是跟著爹娘外出除魔，去過的地方幾十上百，提到浮蒙山，只留下幾段極為模糊的影像。

謝鏡辭怔住。

要說是否遇見過和裴渡相似的小孩——完全記不起來。

裴渡的聲音還是很低：「謝小姐為何問起此事？」

他口中的稱呼又成了「謝小姐」。

謝鏡辭沉默許久，腦海中思緒來來去去，最終只道了聲：「對不起。」

「謝小姐何錯之有。」裴渡竟笑了笑，語氣如同安慰：「修真者一生救人無數，若要將每個人的姓名相貌都牢牢記住，那才是天方夜譚。而且——」

擁在她後背的手掌略微用力。

裴渡用下巴輕輕蹭她頭頂：「如今將我記下，那也是好的。」

過去之事不可追，從落魄無依、瘦弱不堪，到裴家養子，再到能與她並肩作戰，他一步步往上爬，正是為了「如今」。

他還有很多時間，能讓謝小姐牢牢記下他。

謝鏡辭心中發澀。

被毫不留情地遺忘，裴渡分明才是該難過的那個，他卻反過來安慰她不要自責。

「時候已晚，不如早些休息。」腦袋被輕輕一拍，裴渡對她說：「謝小姐，好夢。」

可她怎麼睡得著。

謝鏡辭思緒如麻，即便閉上雙眼，腦海中仍在不停運作。

浮蒙山。

循著殘餘的記憶，她隱約想起當年浮蒙山的禍亂，大妖出世、生靈塗炭。

那麼嚴重的災禍，就算年代久遠，她應該也會保留與相關的一些記憶，可當謝鏡辭努力回想，只能抓住幾縷煙霧般的殘影。

什麼也想不起來，明明比它更久遠、更加不起眼的災禍，都能記起大致輪廓。

這種空落落的感覺讓她想起孟小汀說過，她曾在祕境中遇險，被裴渡救過一命，然而再去回想，同樣一無所知。

浮蒙山裡，也有裴渡。

關於她被吞噬的那一部分神識……裡面究竟藏著什麼？

謝鏡辭左思右想，思考不出頭緒。不知過了多久，在一片漆黑中，突然聽見裴渡低低喚了聲：「謝小姐。」

像是某種試探。

謝鏡辭好奇他的用意，沒應聲。

裴渡又問了聲：「睡著了嗎？」

他鬼鬼祟祟，做賊心虛。

謝鏡辭感到摟在後背的手忽然鬆開，裴渡往後退了一些。

裴渡像是不放心，居然又道：「謝小姐，我們離開幻境了。」

這人好卑鄙！連說謊都無所不用其極！就算當真離開幻境，她也絕不會在這種時候睜開眼睛！

謝小姐沒有動。

裴渡暗自鬆了口氣，儘量不發出任何動靜，低頭垂下眼眸。

他與謝小姐同床共枕。

……雖然是同床異夢。

心口裹了層濃稠的甜糖，只會在夢裡出現的情景觸手可及。

他凝神注視著她，自眉眼劃過，來到鼻尖、唇瓣與脖頸，眼底不自覺化開一汪水。

在學宮裡，他總會下意識望向謝小姐所在的地方，有時她漠然轉過腦袋，裴渡便往旁邊一瞟，做出放空的模樣，像個心虛的小偷。

他向來只敢用餘光偷偷看她，此時終於能毫無保留地注視，竟覺得不太習慣。

他靜了很久，默默盯著她。

這種無言的注視很是磨人，謝鏡辭緊張得睡意全無，沒有任何徵兆地，再度被摟入懷中。

裴渡的動作極盡輕柔。

身側是被捂熱的暖流，她在無止境的黑暗裡，聽見含笑的低音。

他極小心地開口，像小孩得到人生的第一顆糖：「夫人。」

她心口一顫，不明緣由地發疼。

四下安靜須臾，裴渡的聲音再度響起。

這回的笑意比第一次更加濃郁，如同浸了清甜的糖漿，喃喃著叫她：「夫人。」

謝鏡辭幾乎要抑制不住心底湧起的酸澀，由於無法睜眼，只能佯裝成睡意迷濛的模樣，身體胡亂一動，順勢抱住他的腰身。

這是她稚拙的安慰，希望這個動作能讓他不那麼難過。

裴渡無聲笑了下。

他輕笑的時候，胸腔也在微微顫動。

在洞房花燭之夜，他終於能親口說出藏在心裡多年的祕密。

謝鏡辭被抱得更緊，暖風拂過耳畔，帶來酥酥癢癢的麻，與澄澈少年音。

溫柔得像水，裴渡對她說：「……好喜歡妳。」

幻境在這一刻坍塌。

房屋、紅紗與床鋪盡數消散，謝鏡辭沒有防備，猝不及防下墜之際，感受到後背上驟然加大的力道。

裴渡下意識將她抱得更緊，在電光石火的間隙，靈力迅速籠在謝鏡辭身上，充當緩衝防傷的保護罩。

這出變故來得突然，他只顧得上懷裡的人，絲毫沒念及自己，生生落在地面，發出沉沉的悶響。

許是有些疼，裴渡雖咬牙沒發出聲音，抱著她的雙手卻是一顫。

謝鏡辭忍不住仰頭：「你還好嗎？」

問完了，聽見裴渡那聲拘謹的「嗯」，她才後知後覺地想起，自己在幻境消失之前，理應是入了眠。

「奇怪。」感謝系統的大力培養，謝鏡辭一秒入戲，佯裝出茫然的模樣：「這裡好像不是婚房……我們離開幻境了？」

抱著她的少年劍修又是一僵。

意識到兩人此刻親暱的動作，裴渡匆忙鬆開雙手，從地上坐起身，朝近在咫尺的姑娘伸出手：「謝小姐，幻境之中多有得罪，還請見諒。」

「我明白。」他在她耳邊的喃喃低語猶未散去，謝鏡辭只覺連心尖都在發燙，借著他的力道起身，竭力裝作一概不知的模樣：「我們為何會突然被丟出幻境？只是同床入眠而已，這也能算『有情』嗎？」

她說話時沒細思太多，完全順著「如果自己當真睡著了」的方向走，話一說完，就意識到不太合適。

她從頭到尾都在裝睡，對裴渡的動作與言語一清二楚，幻境為何會突然破開，謝鏡辭再明白不過。

如今將這個問題拋給裴渡……

裴渡微怔，耳朵果然泛起濃郁的紅。

「我也不知。」他不擅說謊，每當在謝鏡辭的壓迫下胡言亂語，都會反射性移開視線，喉音乾澀倉促：「也許是入眠的姿勢……很有情。」

裴渡說得一派正經，滿目皆是霽月光風，本是冷冽傲岸的山間清雪，卻點綴了一絲薄薄的紅。

這副模樣實在可愛，謝鏡辭莫名覺得很開心，挑了眉道：「真的？」

他下意識答：「真的。」

「哦——」謝鏡辭勾唇笑：「一眼便能知曉原因，看來裴小公子對幻境的心思瞭若指掌，了不得呀。」

婚房之內的低語實屬情難自禁，連裴渡自己都覺得難為情，好在謝小姐渾然不知。

他根本說不過她，只能裝傻充愣。

「無論如何，能通過幻境已經很幸運了。」謝鏡辭說著抬眼，細細打量周遭景象：「歸元仙府……靈力果然濃郁。」

這會兒已然入夜，放眼四下，瀰漫著灰濛濛的霧氣。

離開歸元仙府設置的幻境後，修士們將被隨機傳送到不同的位置。她與裴渡經歷了同一場幻象，自然會被分配在同一處地方。

這裡是一片寂靜森幽的密林，四面竹樹環合，生長了千百年的參天大樹。

樹木枝葉密密匝匝，匯成傘蓋般厚重的屏障，幾乎將月色遮掩殆盡，偶有幾縷從縫隙裡漏進來，平添慘白之色。

樹根盤繞交錯，因著四下昏黑，乍一看去好似條條巨蟒，於浮動的霧氣中悄然前行，說不出的詭譎幽邃。

歸元仙府，雖有一個「仙」字，卻比不少魔修鬼修的老巢更森冷。

緣由無他，只因仙府主人是個出了名的怪咖，只顧研究奇門之術，魔氣靈氣死氣全往祕境裡帶，久而久之，便滋生出許多常人難以想像的異變來。

鬼怪妖魔橫行的仙府，此地該是修真界裡的頭一遭。

然而古怪歸古怪，若要論及歸元仙府裡的靈氣，定然也是修真界裡數一數二的強度。

謝鏡辭識海受損，用於填補的靈力缺了一塊，如今置身於此地，只覺充沛純然的力量逐漸彙集，如流水一般浸入體內。

這股靈力並不洶湧，張弛有度、舒緩柔和，慢慢包裹她的識海，哪怕僅是一動不動站在原地，都能由衷感到心曠神怡。

謝鏡辭安靜感受上湧的氣息，眼底浮上一層陰翳。

歸元仙府靈力純粹，對治療識海損傷大有裨益，可就算她能在此地恢復原有的水準，神識裡缺失的那部分，也還是沒辦法拿回來。

——從長達整整一年的昏睡中甦醒後，無論謝鏡辭、謝疏、雲朝顏還是醫聖藺缺，都只認為她受創的神識裡，只包含了曾經金丹巔峰的修為。

畢竟謝鏡辭行為毫無異常，對周遭事物的感知亦未發生變化，一切看上去極為正常，只有她知道，自己似乎弄丟了什麼東西。

等從歸元仙府離開，看來還得去當初遇險的祕境走上一遭。

「不知道孟小汀和莫霄陽順利離開幻境沒有。」

謝鏡辭從儲物袋裡拿出地圖：「我看看，這片森林應該是地圖裡的……」

地圖被打開的輕響窸窸窣窣，她話沒說完，在一片沉寂夜色裡，突然聽見一聲淒厲無比的慘叫：「啊——！」

這聲音有點熟悉。

謝鏡辭收攏地圖，極快地抬頭看裴渡一眼，後者同樣目光稍凝，來不及開口，便見不遠處的樹叢猛地一動，闖出一個嚎叫不止的少年。

果真是他。

謝鏡辭在心裡嘖了一聲。

來人正是裴家三少爺裴明川，由於天賦低微，爹不疼娘不愛，成天跟在修為有成的裴鈺身後，美名其曰兄弟情深，說白了就是卑微舔狗，只可惜越是討好，就越被裴鈺看不起。

裴明川在裴家雖然不受寵，但好歹是個世家少爺，平日裡錦衣玉食地供著，看上去算是一表人才，然而此時此刻，他的模樣實在稱不上好——

極端驚恐，一雙眸子生滿通紅血絲，眼淚止不住地嘩嘩往下落，來不及擦拭，糊滿慘白的臉。

至於那團扭在一起的五官，謝鏡辭左思右想，只能找到一個比較合適的形容詞：抽象。

裴明川似乎被什麼東西攫了心智，周圍感受不到任何殺氣，他卻驚恐萬分，一邊跌跌撞撞地跑，腳下一滑摔在地上，一邊哭哭啼啼地喊：「你們別過來，求求你們……求求你們別過來！」

此人雖然知曉白婉與裴鈺要陷害裴渡，卻選擇了隱而不訴，試圖換取娘親的些許青睞。甚至在裴渡墜落懸崖之時，當被白婉問起，是否曾在他身上察覺到若有似無的魔氣，裴明川沉默半晌，終是應了聲「嗯」。

於是滿座譁然。

謝鏡辭早就看他不爽，見狀嘴角瘋狂上揚，再定睛看去，自裴明川身後，又瞥見兩道浮在半空的影子。

密林之中昏暗非常，那兩道影子通體散發著幽光，格外引人注目。

但見白影浮動，竟凝成鬼火一般躍動的光團，如影隨形跟在裴明川身後，不時發出咯咯笑聲，尤為瘮人。

「此物名喚『夢火』，已在外界銷聲匿跡多年。」裴渡向她溫聲解釋：「傳聞乃是大邪之物，能製造幻覺蠱惑心神，依靠修士的恐懼為食。」

他說著一頓，眸色稍沉：「被此物纏身，待氣息被吞噬殆盡，便是神識大亂、心智盡失的時候。」

「你是說，」謝鏡辭若有所思，「裴明川會變成瘋子囉？」

不愧為歸元仙府，實在夠邪。

傳聞雲水散仙生而冷情，不懂得世間情愛，但不知出於何種原因，卻又對人的情感極為熱衷，成天跟做實驗似的，變著花樣鑽研。

這夢火，應該就是其中之一。

「若要消退夢火，有兩個法子。」裴渡垂眸：「其一，入境者勘破幻術，以一己之力掙脫；其二——」

他說著頓住，謝鏡辭察覺到周身湧動的劍氣。

兩人都沒多做言語，她卻在一瞬間明白了被裴渡隱去的話。

「其二是，依靠他人，擊退夢火對不對？」她挑眉：「你想救他？」

裴明川快瘋了。

他沒有多麼偉大的宏願，來歸元仙府只是為了蹭一蹭靈氣，由於運氣不錯，進入祕境的試煉非常簡單，沒想到剛來到這裡，就遇上了變故。

先是娘親指著他罵廢物，緊接著便是裴風南的冷眼，裴鈺亦是面帶嘲諷地盯著他瞧，薄唇一動，念出一聲「沒用」。

這一切來得突然，他知曉全是幻象，奈何心上像被蒙了層霧，什麼都來不及細想，只知道哆哆嗦嗦地害怕發抖，直到裴風南拔出長劍，說要肅清門戶，沖天的恐懼才湧上心頭。咒罵與嘲笑不絕於耳，他被裴風南的劍氣傷得劇痛難忍，倉皇逃竄之際，一個不留神摔在地上。

……完蛋了。

一切都完蛋了。

他並非未曾在祕境裡遇過險，卻從沒真正受傷，全因為——

裴明川的心臟砰砰直跳。

全因為裴渡護在身旁，屢屢救他性命。

他天賦不夠，性情懦弱，雲京有不少世家子弟，不會因為裴家名聲便來有意討好，甚至大多數都看不起他。

有很長一段時間，「裴明川」這三個字是雲京裡的笑柄，說他有辱門風，刻意巴結裴鈺，卻無數次慘遭嫌棄。

只有裴渡願意幫他。

其實裴渡過得也不算好。

裴風南從未將他當作兒子，或許連「人」都不算，早先是用來緬懷大少爺的替身，後來裴渡天賦漸露，裴風南大喜，把他看作了斬妖除魔、讓裴家門楣生輝的一把劍。

在裴明川的印象裡，裴渡一天中大部分時候全在練劍，偶爾會去醫館療傷。

裴風南把他逼得太緊，全然沒有與其他人交流的時候，裴渡沒什麼朋友，有機會接觸的，唯有裴明川。

在那時，他們兩人應該算是「朋友」。

那是唯一不求回報對他好的人，他卻將這份情誼生生斬斷。

真是可悲。

他活了這麼多年，死到臨頭能想起來的名字……居然只有被他背叛、被他棄若敝屣的裴渡。

「對……對不起！是我沒用，別殺我，別殺我！」幻影們的攻勢暴戾非常，每一擊都深入骨髓，裴明川來不及躲避，抱頭痛哭：「救命，救救我……裴渡！」

話音落地，一剎寂靜。

在夜風低沉的嗚咽裡，忽有劍氣掠過。

裴明川屏住呼吸，怔然瞪大眼睛。

——四周本是一片幽暗，卻在剎那間閃過一道雪白虛影，把所有幻象轟然擊碎。

就像曾經無數次遇險時那樣。

裴渡站在他面前。

「裴、裴裴渡？」

劫後餘生，恍然如夢。

裴明川險些以為他也是幻覺，眼淚狂湧，因為沒了力氣，只能趴在地上朝他靠近：「你是真的對不對！你來救我了……我知道你會原諒我！對不起，對不起！」

他在鬼門關前走了一遭，再看裴渡，有如神明降世，正要伸手去抓他衣擺，卻見對方不動聲色地後退一步。

裴渡……避開了他？

裴明川不敢置信，倏然抬頭。

謝鏡辭的嗓音悠悠傳來，帶著諷刺意味十足的淺笑：「不會真有人覺得，把別人禍害一通，說聲『對不起』就能了結吧？」

謝鏡辭。

裴明川的牙齒咯咯發抖。

他後悔了。

比起對她目中無人的恨意，充斥在他心裡的，是無盡的悔恨。

如果當初選擇幫助裴渡，被謝家一併帶去雲京的，定然也會有他。

玄武境裡的法會，裴明川看得真切。

跟在他們兩人身邊的，一個是修為低弱的體修，一個是不被世俗容納的魔修，明明都不是多麼出眾的貨色，卻能在法會裡脫穎而出，引來無限矚目。

他本該……也是其中之一的。

沒錯，只要站在裴渡身邊，他怎麼可能還會是如今這副窩囊樣。白婉裴鈺算什麼東西，裴渡與謝鏡辭，一個天之驕子，一個世家小姐，一旦抱上他們的大腿，他必能平步青雲。

「都是我的錯，都是我的錯！」裴明川痛哭流涕：「全是因為裴鈺威脅我，都是他們的錯，不關我的事啊！我從頭到尾，一直沒做多少對不起你的事……難道你忘了我們當年的情誼嗎！」

謝鏡辭看得冷笑連連，本想出言嗆他，想起身邊的裴渡，又覺不便插口，安靜閉了嘴。

「承蒙兄長多年照料。」

與他相比，裴渡的神色平和許多。

他語氣裡聽不出埋怨，甚至連怒氣也沒有，內容卻字字誅心，毫不留情：「今日救你一命，便算還了這份恩情，從今以後兩不相欠。」

當時聽聞裴渡要拔劍救人，謝鏡辭原以為他於心不忍，沒想到是為斬斷情誼，破除裴明川的所有念想。

裴明川曾是他唯一的朋友是真，無情背叛他也是真。

他自是有情，卻也無情，當斷則斷，不留任何餘地。

晴天霹靂。

裴明川連哭泣都忘了，扯出一個比落淚還難看的笑，拼命往上撲：「你……你在說什麼？我們是朋友啊！當初在祕境，你受了傷，是我給你治療擦藥的，你忘了？」

回應他的，是一把映著冷光的劍。

裴渡聲音更冷，仍是極為有禮的語氣：「刀劍無眼。」

全完了。

希冀崩塌，裴明川想要抓住他衣擺，奈何被之前的幻覺嚇到癱軟，渾身上下使不出力氣。他眼睜睜看著謝鏡辭做了個鬼臉，被裴渡輕輕拉住袖子，跟隨後者一起離開。

而裴渡沒有回頭。

「求求你，求求你！」裴明川被夢火折磨得瀕臨崩潰，嚎哭不止，渾身顫抖如泥：「你從不會丟下我不管，還說——」

他想起什麼，混濁的瞳孔浮起幾分急切之意：「你還記不記得，當初我生辰無人慶賀，你對我說、說能實現我一個心願？」

說來可笑，那日明明是他生辰，爹娘卻忙於事務雙雙離家，裴鈺向來瞧不起這個弟弟，自然也不會理他。

他無處可去，也無人可訴，獨自在庭院裡喝悶酒，恰巧遇上裴渡。

裴渡竟然記得他的生辰，贈他親手書寫的用劍要義，見裴明川號啕大哭，無奈溫聲道：「我如今實力低微，送不上多麼厚重的大禮。不如把今年的心願暫且寄放，待我更強一些，便為兄長實現。」

裴渡在裴家的境遇甚至還不如他，被裴風南當作除魔的劍，被白婉記恨、處處刁難，哪有能耐為他實現心願。

裴明川只當這是句玩笑話，並未多加上心，如今陡然想起，如同抓住最後一根救命稻草：「我的願望！我的願望是你不要像這樣離開……求求你，別讓我看著你的背影，好不好？」

在聚攏而來的黑暗裡，白衣少年身形微微頓住。

有戲！

裴明川喜出望外，雙眼不由一亮。

裴渡言出必行，從未毀約，這次定然也不會例外。

縱使裴渡百般不願又如何。

只要他能留在裴渡身邊，像對二哥裴鈺那樣對他們，他們就一定能發現他的好，自此雲京謝家、天之驕子，都能成為他的倚仗。

裴渡是世界上唯一對他好的人。

只要他誠心認錯，他一定會和從前一樣，不計前嫌地繼續對他好。

謝鏡辭太陽穴突突地跳，抬頭望了裴渡一眼。

他沒說話，微垂著長睫，眼底晦暗不明，黯淡無光。

在如此貼近的距離下，她似乎有些明白裴渡的心情。

曾經那樣溫柔的善意，卻被旁人狠狠踐踏，反過來成為束縛他的枷鎖，他無法拒絕，被桎梏得動彈不得。

像是把一顆心用力踩在地上，怎會不覺得難過。

想來這種感覺，他已經體會過太多太多。

竭力修煉，卻被裴風南雞蛋裡挑骨頭，不但用家法懲罰一番，還被罵得狗血淋頭，說不如那位早夭的大少爺的時候。

向裴明川笨拙地送出真心，以為交到了唯一一位朋友，卻在鬼塚裡聽他出言詆毀，面對白婉的質問，發出那聲「嗯」的時候。

甚至於……牢牢記了那麼多年，卻被她遺忘的時候。

自始至終都沒有人真心留在他身邊。

他得有多難過。

謝鏡辭指尖攥緊袖口。

她嗓音清凌，在夜色裡被沉沉壓低，生出幾分勾人的情意：「裴渡。」

裴渡微怔，來不及反應，懷中便竄進一股柔軟的熱氣。

那些沉積在心口的壓抑與自嘲，全因這股熱氣轟然碎開。

他渾身僵硬，不敢動彈。

謝鏡辭飛快抱了他一下，聲音發悶：「交給我就好。」

她動作極快，不過頃刻之間，便從裴渡懷裡迅速離開。

然後腳步一轉，邁向裴明川所在的方向。

謝鏡辭絲毫沒有掩飾周身的殺氣，一步步靠近他，攜來一陣冷冽如刀的風。

裴明川被嚇得半死，坐在地上往後退：「妳妳妳、妳想幹什麼？裴裴裴渡還在旁邊看著，妳別亂來啊！我可是跟他說好了——」

謝鏡辭：「呵呵。」

謝鏡辭毫不留情打斷他：「我謝鏡辭打你，和裴渡有什麼關係。」

靈氣開始運轉，若要形容此時的感受，四個字，痛快淋漓。

裴明川早就被嚇破了膽，腿軟得像兩根麵條，連站起來都難。

謝鏡辭從來不講武德，不管他究竟有沒有力氣反抗，抓著就是一通猛捶，很長一段時間裡，迴盪在密林之中的，都是拳拳到肉的悶響與裴明川持續飆升的海豚音。

直到打完收工的時候，錦衣少年已然痛得說不出話。

「說什麼『有心悔改』，其實只是在為自己謀出路，對吧。」她語氣很冷：「之前跟在裴鈺身邊也是，今日討好裴渡也是，你根本不在意跟隨的人是好是壞，唯一關心的，只有自己能不能過得更好——家人朋友是假，助你節節高升的工具才是真，虧你能想到那麼冠冕堂皇的理由，簡直可笑。」

一語中的。

裴明川如遭雷擊。

「沒做任何對不起他的事？虧你也能說出口。只要當初你略微提醒，裴渡怎會陷入那般境地？白婉問你可曾在他身上察覺魔氣，你又是怎麼回答的？」

他說不出話，渾身顫抖。

尖銳的刺痛生生劃在他心上，直到這一刻，裴明川才無比清晰地意識到，自己不可能再有機會。

他唯一的朋友，唯一的出路，乃至於未來的希望，盡數斷送在自己手上。

謝鏡辭說著笑笑，語氣裡蘊了嘲弄：「你以為那個所謂的願望，真能綁住裴渡？」

……什麼意思？

裴明川猛地抬頭，嗓音沙啞而顫抖：「他早就答應過！裴渡，你若是毀約——」

「誰說他要毀約？」她輕聲笑笑，再開口時，音調被壓低不少：「提前祝賀你，收到了來自裴渡的最後一份生辰禮物——說不定也是別人真心誠意送給你的，最後一份生辰禮物。」

謝鏡辭離開的時候，像是一陣風。

她毫不拖泥帶水地起身，一把拉住旁側裴渡的手腕，輕輕一帶，便讓他和自己保持著面對裴明川的姿勢。

裴明川心底警鈴大作，湧上糟糕透頂的預感。

而這種預感在片刻之後，當真如同棒槌，硬生生落在他腦門上。

他許下的願望，是不要像之前那樣離開他，讓他看到裴渡的背影。

謝鏡辭那毒婦，居然直勾勾面對著他所在的方向，順勢挽上裴渡的手，儲物袋裡白光一現，亮出一張瞬移用的神行符。

這合理嗎。

這是人能幹出來的事嗎。

裴明川喪失所有表情，心如死灰，眼睜睜看著謝鏡辭默念法訣，神行符上微光乍現。

謝鏡辭歡歡喜喜走了，末了不忘揮揮手，朝他做出再見的手勢。

那手一晃，又一晃，在兩人身形瞬移消失的剎那，傳來她脆生生的笑音：「拜拜啦。」

的確沒像之前那樣離開，因為換了種方式。

也的確沒讓他見到裴渡的背影，畢竟他們兩人面對著他，倏地一下就沒了。

裴明川：「……」

偌大密林裡，響起聲嘶力竭的咆哮：「謝鏡辭，妳不是人——！」

第十六章　謝小姐，冒犯了

神行符名字聽起來神通廣大，其實只能移動很短的一段距離。

謝鏡辭對祕境裡的場景並不熟悉，加之當時時間緊迫，來不及細細去想，隨機確定了密林裡一處方向，便帶著裴渡從裴明川面前離開。

她見過厚臉皮的，遇上像裴明川這般恬不知恥之人，卻還是破天荒的頭一遭。再想想裴鈺、白婉和裴風南，只覺得頭皮發麻，忍不住有點噁心。

「真虧你能跟那一大家子待上這麼久。」謝鏡辭真情實意：「一個裴明川就已經夠嗆，裴鈺沒少為難你吧？」

「能被裴府收留，是我的幸運。」裴渡低聲應她：「謝小姐，倘若沒遇見……裴老爺，我定不會那樣輕易踏入劍道。無論裴府出於何種用意，都於我有恩。」

這是不可辯駁的事實。

裴渡從名不經傳的凡俗少年一步登天，成為萬眾矚目的天之驕子，與裴風南的教導密不可分。即便他已與裴家斷絕關係，這份恩情也無法否認。

如今這般局面，裴渡會自覺站在裴家的對立面，朝他們拔劍，卻絕不會在背後謾罵指責，肆意談論。

謝鏡辭哼哼：「就你拎得清。」

他這回沒立即應答，而是略做停頓，突然道了聲：「謝小姐。」

謝鏡辭抬眼：「嗯？」

裴渡被這道直白的眼神望得一怔，沒像往日那樣移開目光，而是強撐著與她對視，乾澀開口：「……手。」

她這才反應過來，方才為了使用神行符，自己沒做多想挽住了裴渡的胳膊。他若是不刻意提起，謝鏡辭絕不會在意。

這是種非常恐怖的現象。

她似乎已經逐漸習慣了，與裴渡的身體接觸。

謝鏡辭聞言把手鬆開，板著臉後退一步，又聽他繼續道：「方才多謝小姐。」

這不是客套話，裴渡是當真想要謝謝她。

他在學宮沒什麼朋友，在家中的地位亦是遠不如裴鈺，遇上刁難，從未有人願意替他說話。

當時謝小姐抱他那一下，像有什麼東西重重撞在心上，又熱又麻，讓裴渡情不自禁想要把她牢牢擁入懷中。

他不會說天花亂墜的漂亮話，許是覺得緊張，眼睫一動：「今後倘若再遇上這種事，交給我便是。謝小姐不必因為我，樹立敵人。」

謝鏡辭雙目清亮地與他對視。

「我樂意。」半晌，她側過身去，踢飛腳邊一顆石子：「敵人就敵人，他們看不慣我，莫非我還刻意討好？再說——」

謝鏡辭說著一頓：「再說，那些人是悲是喜都與我無關，你卻不同。」

神色溫潤清和的少年陡然愣住。

「就是，」她斟酌好一會兒詞句，「我們是……朋友，我絕不可能有意偏袒那些人，而讓你難受。如果連這個都做不到，那就稱不上是朋友了。」

好一會兒過去，裴渡一直沒有回音。

謝鏡辭的聲音逐漸變低，少有地出現了羞赧的神色：「是不是……有點肉麻？」

「沒有。」他終於緩過神，把她的話小心翼翼藏進心底，再開口，語氣裡不自覺浸著淺笑：「謝小姐，很好。」

老天。

謝鏡辭從沒想過，她會在某天被短短五個字說得耳朵發熱。

裴渡真是能要人命。

這個話題到了盡頭，她不願繼續延伸，抬眼環顧四周：「這裡是……」

裴渡代她回答：「傀儡樓。」

眼前的景象與之前截然不同，密集蔥蘢的古樹不見蹤影，取而代之的，是一幢森冷小樓。

雲水散仙興趣廣泛，對傀儡術涉獵頗深，為此專門建造了一棟樓閣，用來存放傀儡。

常理而言，每個傀儡師身邊只會跟隨至多三個人偶，不僅因為太多難以控制，更重要的原因，是傀儡師與傀儡之間有濃厚羈絆，從某種程度來說，堪稱彼此相契的靈魂之友。

既然是密友，就定不能濫情。

可雲水散仙不同。

她熱衷於製造傀儡，把好端端的傀儡術，生生玩成了等身芭比娃娃屋，聽說還試圖讓傀儡們像常人那般同她生活在一起，只為勘破所謂的「情」。

傀儡樓只有兩層，從建成到如今，雖已過千年，卻並未有任何殘破的痕跡，想來是被靈力護住，不受風沙侵襲。

雲水散仙並未替它添上多麼華美的裝飾，小木樓孤零零立在叢林裡，無端生出幾分森幽之意。

木樓門沒關。

透過月色望去，能見到屋子裡整齊排開的諸多人影。傀儡皆是與常人無異的等身大小，靜悄悄立在角落，讓謝鏡辭不由想起佇立著的屍體。

這樣的場景實在有些瘆人。

雲水散仙在五百年前銷聲匿跡，突然不見蹤影，自那之後，傀儡們失去靈力支撐，便成了尋常玩偶，沒太大用處。

謝鏡辭不想在此地多待，正要拉著裴渡離開，眸光往屋子裡一瞥，不由脊背發涼——月色冷白，映出樓內一字排開的人影，在靜謐薄光裡，忽然有道影子猛地一動。

謝鏡辭習慣了正面硬剛，唯獨對這種詭異的場景接受不來，見狀迅速往裴渡身旁一靠，壓低聲音：「你看見沒？」

「嗯。」裴渡沒料到她的動作，眼底閃過極淡的笑，微揚聲調：「不知樓內是哪位道友？」

那道影子又是一動。

這回謝鏡辭看清了，那應該是個瘦削的男人。

或是說，少年。

那人並不迴避躲閃，聞聲一步步走出樓閣，他像是受了傷，動作極為僵硬，不時搖晃脖子與手臂，調整關節位置。

謝鏡辭腦海裡閃過一個天馬行空的念頭，這樣的姿勢，跟人偶一模一樣。

隨著少年逐漸前行，她終於看清了前者的模樣。

並不是多麼出眾的臉，面色蒼白、羸弱瘦削，唯獨一雙眼睛生得極為漂亮，瞳孔圓潤黝黑，如同溢著水光的珍珠。

少年似是被月光刺了眼，微微蹙眉，抬手擋在額頭上。

此次進入歸元仙府的，盡是修為有成的年輕修士，謝鏡辭認得大部分的臉，卻對此人毫無印象。

她心下好奇，出言詢問：「不知道友如何稱呼？」

少年用黑澄澄的眸子一眨不眨地盯著她。

謝鏡辭後知後覺地意識到，從出門到現在，他一直沒眨眼。

他沉默著將兩人上下打量一番，毫無血色的唇輕輕張開，嗓音是如水般的清雅乾淨：「如今是什麼時候？」

見謝鏡辭茫然愣住，少年眉心微動：「自從雲水散仙封閉神識，過了多久？」

謝鏡辭：？

對於傳統的修真界人士而言，這番言語或許有些突兀，但不得不說，這臺詞，她熟得很啊。

一部穿越劇，主角莫名其妙來到陌生的朝代，必定會隨機選擇一名幸運路人，拉著人家衣袖問：「如今是什麼時候？」

裴渡心覺不對，向前一步，將謝鏡辭護在身後：「封閉神識？」

世人皆知雲水散仙莫名失蹤，仙府一日荒廢，眼前的少年卻能準確道出這四個字，恐怕與她關係匪淺。

少年皺眉：「你們不知此事？」

「那位前輩失蹤五百年，無人尋到她的蹤跡。」謝鏡辭道：「道友怎會知曉其中緣由？」

少年若有所思，目光幽幽。

沒帶任何猶豫地，他道：「哦，我就是雲水散仙。」

晴——天——霹——靂——

謝鏡辭：？？？

謝鏡辭：「等、等等！雲水散仙不是一名女修嗎？怎會是這副模樣？而且你說她封閉神識，理應陷入沉眠，又怎能出現在我們面前？」

劇情發展完全超出預料，她聽得滿心問號，不遠處的「雲水散仙」則略微皺了眉。

「我天生缺了一脈情根，待得修為有成，便居於歸元祕境之中，苦研情之一字，卻因鑽研太久，無甚成果，人瘋了。」

簡而言之，就是走火入魔，被逼進了無法破除的心魔裡。

「心魔禍世，我獨自居於歸元，無人能協助舒解，便自行封印神識，把身體鎖在後山的清心陣中，想著假若祕境開啟，路過的修士能順道發現，助我一臂之力，破除心魔。」說到這裡，他的語氣仍是波瀾不驚：「沒想到直至今日，始終無人察覺。」

謝鏡辭想不明白：「既然前輩尚未被發現，這具身體——」

「我自然不會毫不設防。」雲水散仙目光稍沉：「封閉神識之際，心魔有所察覺，便攜著一股神識分身而出，妳如今所見，正是我欲將其捕獲，分出的一絲清明意識。」

見她露出了然之色，少年又道：「本體陷入沉眠，我與心魔也會隨之失去意識。身為神識，需尋得一名宿主住下，我當時千鈞一髮，來不及細選，在入眠前入了這個傀儡裡。」

對於這位前輩而言，似乎是男是女、相貌如何，都不需要在意。

裴渡皺眉：「如今前輩甦醒，那心魔和雲水散仙本人……」

「不錯。」少年始終保持著面無表情的死魚臉，即便事態緊迫，也仍是語氣淡淡：「心魔應該也已醒來。清心陣多年未破，靈力衰微，恐怕支撐不了太久——倘若心魔入體，令我本體徹底發瘋，祕境之中定有大亂。」

雲水散仙再不靠譜、性格再古怪，那也是個化神巔峰的大能。一旦如他所言出了岔子，莫說置身於此地的諸多修士，連祕境本身都會轟然坍塌。

謝鏡辭本以為此番進入祕境，屬於修身養性的養老旅行，沒想到畫風一轉，成了比以往更刺激的搏命倒數計時。

時間緊迫，她來不及細想太多，沉聲道：「我們該做什麼？」

「去正殿。」雲水散仙道：「我本體周圍布置了諸多驅邪符，心魔無法靠近。它唯一能想到的法子，唯有破壞正殿中的護心鏡，引邪氣擴散，侵蝕清心陣法。」

護心鏡乃是雲水散仙精心煉製的法寶，有驅邪除魔、鎮壓邪氣的功效。

歸元仙府妖魔鬼怪數目眾多，卻在她失蹤之後依舊老老實實，沒惹出太大亂子，究其原因，正是因為護心鏡驅散了邪氣，震懾一方。

「我不過是一縷神識，對上心魔毫無勝算，還望二位小友相助——請隨我來。」

雲水散仙說罷便走，謝鏡辭跟在他身後，好奇道：「前輩，若要化解危機，還需破除心魔。能否冒昧問上一句，前輩的心魔究竟是什麼？」

雲水散仙：「……」

雲水散仙：「我忘了。」

他的語氣沒什麼起伏：「我沒有本體的記憶，只記得極少一部分往事，若要知曉心魔內容，必須先找到它和那部分神識。」

說到底，他不過是一縷出體的意識，而雲水散仙活了兩千多年，識海浩瀚無邊。

「所以，二位也無須把我喚作『前輩』。」少年道：「我凡俗名為『楚箏』，琴箏的箏，如此稱呼便是。」

雲水散仙無門無派，無情無欲，身世無從知曉，是修真界裡神祕的散修，知曉這個名字的，恐怕不超過十個人。

楚箏對祕境瞭若指掌，帶領兩人穿梭於密林之間，沒費多大功夫，便有一座高聳的堂皇大殿闖入視線。

想必那便是正殿。

或許是出於無聊，雲水散仙獨自在祕境裡鑽研多年，用術法建造了諸多風格不一的房屋。有南城水鄉的園林、大漠恢宏的高閣，乃至於修真界浮空的樓宇，形形色色不一而足，讓人眼花繚亂。

位於中央的，是座仿古式宮殿。

進入歸元仙府的人數量不少，此地又居於最顯眼的正中，行至一半，謝鏡辭就見到三三兩兩的修士。

孟小汀與莫霄陽卻不見蹤影。

「既然神識都需要尋找宿主，」她用傳音道：「心魔應該也正附在什麼東西上，對吧？」

楚箏點頭：「護心鏡乃是至純至淨之物，心魔若想將其損毀，最簡單的法子，是附身於邪祟之上，衝破正殿外的種種驅邪咒法，進入正殿，灌入邪氣，令它喪失神性。」

其實這種法子成功率極低。

心魔也只是被分支出來的小小一脈，實力不算太強，如果強硬突破咒法，只會身受重創、得不償失。

但凡事總有例外。

「除卻祕境裡原有的邪祟，它還有另一種更穩妥的選擇。」楚箏目光一暗，瞥向謝鏡辭：「二位可知曉，在所有入境的修士裡，可否有誰身懷邪魔之氣？」

這句話一出，謝鏡辭與裴渡皆是頓住。

「修士擁有足以突破禁咒的力量，心魔只需附於其上，便能毫無阻礙地進入正殿。」楚箏繼續道：「『邪魔之氣』並非魔修，與純粹魔氣不同，來源於魔物的邪念與殺意，雖然並不常見，但不怕一萬就怕萬一，被混進來就糟糕了。」

邪魔之氣。

謝鏡辭的一顆心倏然往上懸。

當初鬼塚魔物眾多，白婉為嫁禍裴渡，趁他筋疲力盡之際，往他體內強塞了極其猛烈霸道的魔息。

那應該便是──

這個念頭浮上腦海的剎那，四周散開野獸嗚咽般的沉鳴。

這道聲音並不尖銳高昂，卻能透過耳膜滲入心底，如同冰冷盤旋的蛇，一點點劃過皮膚與血肉，激起陣陣刺骨冰涼。

「啊。」楚箏面無表情，語氣平靜：「心魔搶先一步，護心鏡被破了。」

隨著他話音落地，正殿敞開的大門之外，驟然響起一聲尖利狂笑。

笑聲非男非女，滿含煞氣，須臾陰風乍起，殘月被烏雲一口吞下，長明燈被吹得四處搖曳，猶如狂亂舞動的鬼火。

護心鏡一破，鎮壓妖邪的根基便被毀去大半。

歸元仙府靈力濃郁，久居於此的妖魔鬼怪貪婪汲取了千百年，苦於被護心鏡強行壓下修為、不得作亂，如今神器損毀，頓時邪氣大作。

偌大宮殿裡，響起修士驚恐的嚎叫：「這──這是什麼東西！」

不過轉瞬，歸元仙府便全然換了一副模樣。

妖風四湧，數不清的邪祟橫衝直撞，狂笑聲縈繞耳邊，伴隨著難以忍受的腥臭。

在場皆是金丹元嬰修士，經過短暫的慌亂，很快穩下心神，紛紛掏出法器迎敵。在不絕於耳的嘈雜聲裡，有道聲音格外突出：「不、不好了！正殿裡那面護心鏡……它突然暗下去了！」

這聲音有些熟悉。

謝鏡辭聞言回頭，竟在道道劍光與火光裡，見到裴鈺的身影。

她與裴渡尚未接近護心鏡，無論後者身上是否殘存了魔氣，此番變故定然與他無關。而在鬼塚裡，和裴渡一併置身於魔潮下的……裴鈺正是其中之一。

他有沒有可能……在那時不慎被邪氣入體，成了心魔的獵物？

她心臟突突直跳，眼見一隻魅女襲來，下意識拔刀出鞘，還未出手，眼前便是劍光一閃。

裴渡凝神斂眉：「謝小姐，當心。」

「護心鏡？護心鏡怎麼會碎掉？」有人在纏鬥中大叫：「那不是雲水散仙的寶貝嗎？」

裴鈺同樣崩潰：「它周圍全是邪氣，我們也不知道怎麼回事！」

「它突然就裂了，鏡子一片黑！」跟在他身側的另一名世家子撒豆子似的往外丟符：「這些妖魔都瘋了，我們快跑吧！」

不知是誰扯著嗓子回應他：「祕境早關了，我們得在這地方待整整七天！」

七天。

外界之人無法窺見祕境景象，原本應是修為突飛猛進的七日，如今看來，卻成了無法逃離的噩夢。

裴渡沒說話，長劍如龍，向四周吞吐冷白劍氣，謝鏡辭看清他的身法，手中鬼哭刀一頓：「你打算結劍陣？」

此地失去了護心鏡庇護，定會引來源源不斷的妖魔邪祟，既然難以抵抗，不如尋個法子阻斷來路，將眾人與邪魔隔開。

「對、對！劍陣——我們合力造出一個陣法！」她身側一名年輕修士如同抓住救命稻草：「只要將靈力合在一起，它們就不會進來！」

與那些活了千百年的怪物相比，他們每個人的實力都不算太高，但若能彙聚成陣，定能擁有與之抗衡的力量。

在場劍修數目不少，聞言紛紛響應，其餘人則在一旁護法助力，擊退妖邪。

裴渡身為首要結陣者，受到的攻擊最為猛烈，雖有謝鏡辭與其他幾人守在身側，奈何攻勢源源不絕，幾乎成了血人。

宮殿之外腥風不絕，殿內則是劍光紛然，洶湧如潮。

修士們的靈力逐漸彙聚，在漫天血色之中，凝出如白晝的亮色，點燃混濁夜空。

劍陣即將結成。

宮殿外的進攻得以暫時抵擋，之前闖入殿內的卻仍在叫囂。

在喧嘩陣陣裡，陡然響起一道尖銳男音：「我……我知道了！」是裴鈺。

謝鏡辭本不想理他，那人的嗓音卻無比清晰地掠過耳邊，令她握緊手中直刀。

「裴渡……是裴渡啊！護心鏡為何會突然破裂、被邪氣占據？全因他身懷魔氣，將它侵染成了沒用的破爛！」他嗓音在顫抖，有恐懼，也有隱隱的興奮：「全因為他，是他害了我們！」

在他話音落下的剎那，劍陣終成。

肅穆如冰雪的白芒籠罩四野，劍氣浩蕩，緩緩映亮的，卻是裴鈺咧開的嘴角：「鬼塚之事還沒過去，你又來害人……分明就是與邪魔串通，要把我們屠戮殆盡！晦氣，災星！」

一瞬間的寂靜。

「你們想想看，除了裴渡，我們之中還有誰身懷邪魔之氣？」他見狀更為激動：「又為何護心鏡破碎的時候，他會剛好出現在正殿裡？因為他就是害了我們的罪魁禍首！你們可不要忘了，他在鬼塚對我和我娘做的事！」

他竟還有臉面提起鬼塚。

謝鏡辭正與一隻邪魔纏鬥，指尖往下壓，抑制不住噴湧而出的怒氣，飛快朝裴渡在的方向看一眼。

劍陣已成，他體力耗去大半，衣衫被劃開幾道裂口，滲出鮮紅的血。

他連站立都快沒了力氣，全靠長劍支撐，脊背挺拔如松。

而本應守在他身側的人，要麼不動聲色後退幾步，要麼滿面驚恐一動不動。

謝鏡辭咬牙，長刀刺穿邪魔胸口，溢開滿目猩紅。

……她要到裴渡身邊去。

這個念頭衝破殺意，占據腦海，然而剛邁開腳步，就聽見耳邊傳來叮咚聲響。

『檢測到位面波動，人設正在轉換！』

『請稍候……』

『恭喜！「海王」檔案已存入系統，請宿主查收！』

它從來出現得不是時候。

謝鏡辭後腦勺兀地發疼，直接略過人設簡介，匆匆瞥正下方的任務一眼。

『身為海王，遇見危難之際，當然要雨露均沾啦！

任務一：劍宗的小師弟正在被骨魔追殺，拔刀將他救下吧！

任務二：天心閣的二師兄……』

她沒再繼續往下看，沉了聲：「裴渡呢？」

『海王嘛，薄情寡義囉。玩玩就好，像他那種情況，哪會願意親身上陣，和他一起抗下非議和責難？不划算，不划算。』

不划算。

謝鏡辭靜默不語，拖著刀繼續往前。

『喂喂，妳不打算執行嗎？』系統在她識海裡輕輕一敲：『一共兩個任務，很快就能完成，我知道妳想幫他——幾刀的事，不用費妳多大功夫。』

謝鏡辭還是沒回應它。

在這種情況下，置裴渡於不顧，去向旁人獻殷勤……她真是瘋了。

他若是看到，會有多難過。

系統像是無奈：『不執行任務會受到懲罰，妳還記得吧？』

當然記得。

她剛進入小世界，有次年少無知死要面子，拒絕了任務，結果被疼得死去活來，有如萬火焚心。

如今回想起來，除了那一次的任性，自綁定系統之後，她便一直聽從指令乖乖照做，從沒認真思考過，自己真正想要的究竟是什麼。

謝鏡辭的第一刀，斬斷飛身俯衝的邪魄。

邪魄嘶嚎陣陣，化作濃郁黑煙四散，她忍下喉間鮮血，握緊鬼哭長刀。

她真正想要的……究竟是什麼？

時至此刻，謝鏡辭好像有些明白了。

什麼天道，什麼系統，什麼非議、責難或誹謗，那都是別人的事。

撇開那些真情假意，對於她而言，她只是……不想讓裴渡難過。

她想抱一抱他，也想讓他知道，身邊還有人陪。

他是比任務更重要的事。

比起人設變換不定的任務者，她首先是謝鏡辭。

劇痛來勢洶洶，從頭頂到心口，撕心裂肺，謝鏡辭卻沉默著揮出第二刀。

第二刀，斬去裴渡身側盤旋的死氣，鬼哭刀嗡鳴聲聲，照亮少年蒼白的側顏。

血霧如潮，四目相對。

今日的景象，與當初在鬼塚時如出一轍。

他獨自站在風口浪尖、傷痕累累，握劍的手已然沒了力氣，連出聲辯駁都做不到。

那時沒有人願意上前，哪怕對他說一句：「我相信你。」

在四面八方妖邪的嘶吼聲中，裴渡怔然與她對視，目光落在謝鏡辭漆黑的眼睛。

裴渡曾在無數個不為人知的日日夜夜竭力奔向她。

而這一次，謝鏡辭踏著白芒與血色，來到他身邊。

他的嗓音在發顫：「……謝小姐。」

一件衣物輕輕披在身上，遮掩住他滿身血汙與裂痕。

「我倒有幾個問題，也想問問裴二少爺。」謝鏡辭轉身，眸底是不散的冷意：「第一，你說裴渡來後，護心鏡才突然崩塌，可當時我們在正門附近，與護心鏡最接近的人，其實是你吧？」

「妳想潑髒——」

「第二，裴少爺口口聲聲說什麼『邪魔之氣』。」她說著一頓，語氣裡多出幾分嘲諷的味道：「邪氣魔氣，應該沒那麼容易分辨吧？你身旁那位友人提起鏡面碎裂，也只道了句『一團黑』，該說你見多識廣，還是居心叵測？」

裴鈺咬牙切齒：「一派胡言！」

「也不知道是誰一派胡言。」側廳之內，忽然傳來熟悉的少年音：「血口噴人，栽贓陷害，別的沒學會多少，這種行當倒是精通。」

光影交錯，劍氣一現，映出少年的劍眉星目。

赫然是莫霄陽。

孟小汀從他身後探出頭：「只怕裴二少爺早有準備——話說回來，邪氣和魔氣還有差別嗎？我今日才聽聞有這種說法，二少爺又究竟是從何得知的？」

她說著一頓，朝謝鏡辭揮揮手：「抱歉抱歉！沒在正殿好好等你們。龍逍被夢火纏住，我們為幫他，糊里糊塗跑去偏殿了。」

龍逍腫著臉從她背後走出來，三人像是疊疊樂。

「我覺得……如果罪魁禍首真是裴公子，他沒必要以身涉險，帶我們造出劍陣。」

待得孟小汀嗓音落下，終是有人緩聲道：「他都傷成那樣了。」

「對啊！更何況鬼塚那件事，誰不知道……咳，總之我信他。」

「二公子與其乾巴巴站著懷疑旁人，不如跟著我們掃除魔物吧？」

「等等，魔氣不就是邪氣？邪魔之氣又是什麼東西？」

這群修士都是修真界裡的青年才俊，都有自己的思忖與考量，不至於被幾句話牽著鼻子走。

他們本就對裴渡竭力結陣的舉動心存敬意，聽聞裴鈺一番話，雖然心生遲疑，但有謝鏡辭等人在前表態，便卸去了猶豫。

『雖然我不想罰妳……當時戰鬥太危險，妳肯定受不住，我就把剩下的懲罰往後推了點，一柱香之後，別忘了受刑。』系統的聲音悶悶響起：『我違背規則，蹲禁閉去了，拜拜。』

謝鏡辭：「愛你。」

系統又猛敲她識海：『可惡，不要在這種時候散發海王的魅力！』

局勢陡然逆轉，四周八卦滿天飛，從裴鈺惡意散播裴渡謠言，再到那日鬼塚懸崖上的始末，尋常修士不是裴家家僕，如今稍作討論，竟一邊倒地偏向裴渡這邊。

裴鈺栽贓不成，臉倒被打得啪啪響，氣到渾身發抖：「謝、謝鏡辭！他就是個煞星……妳要是再一意孤行跟著他，定會遭報應！」

他說這句話時，謝鏡辭已經轉身面向裴渡，替他拭去側臉上的血跡。

她微不可查地嘆了口氣：「是不是很疼？」

謝小姐的力道很輕。

一切都與那日在懸崖上一樣，卻又全然不同。

那日他孑然立在崖頂，身邊是無數人的謾罵指責，渾身劇痛，胸口更是難受得近乎麻木。

倘若說有誰願意站在所有人的對立面，義無反顧靠近他，那是在夢裡都不會出現的情境。

尤其是……那個人還是謝小姐。

他當了這麼多年鋒利的劍，沒人會願意問劍一句，你是不是很疼。

溫柔得讓他忍不住想要落淚。

所有變故來得毫無徵兆，裴渡幾乎要以為這是場夢境，垂眸望去，目光跌進她瞳中。

像幽深的水，擁有攝魂奪魄的魔力，引他心甘情願沉溺其中。

在聽見裴鈺嗓音的瞬間，她竟輕輕笑了一下。

謝鏡辭並未回頭看向裴鈺，而是仍然注視著他的視線，兩道目光無聲相撞，裴渡看見她眼尾稍彎，揚起的紅唇如同曖昧至極的小鉤。

姑娘的指尖柔軟溫和，自他眼尾往下，牽起道道電流。

他快要承受不了這樣的溫柔，心口輕飄飄地發痛，眼眶澀澀泛起薄紅。

「我與裴渡已定下婚約，換個說法——」

裴渡聽見她輕輕開口，指尖在他酒窩所在的地方用力一按，不知是對裴鈺，還是對他說：「我是他將來命定的道侶，心甘情願跟在他身邊，懂了嗎？」

震驚！修真界今日頭條快訊！

歸元仙府護心鏡碎，妖邪橫生之際，謝鏡辭當眾向裴四公子宣示主權，高調點明「命定道侶」，祕境裡的所有人都驚呆了！

謝鏡辭說得篤定，裴鈺氣到兩眼發直，左思右想自己無論如何都不占理，險些破口大罵。

但他終究還是忍住了。

他憎惡裴渡是真，想讓其跌落谷底、碾碎成泥也是真，但這種憎惡上不了檯面，只能壓在心底緩慢發酵。

如今裴渡被逐出家門，他不用繼續生活在所謂「劍道天才」的陰影下，作為裴家當之無愧的繼承人，無論如何，在諸位道友面前，還是應當保持應有的風度。

裴鈺深吸一口氣，掩下眼底湧動的陰翳：「我不過是道出心中猜測，謝小姐何必動這麼大的火氣？」

孟小汀呵呵：「『道出心中猜測』，這幾個字用得不準吧，那句話怎麼說來著——哦！栽贓陷害，惡意傷人！」

莫霄陽搖頭晃腦：「人面獸心。」

孟小汀：「心狠手辣。」

莫霄陽：「辣手摧花。」

龍逍笑得溫和：「花花太歲，整日花枝招展花天酒地，實在花裡胡俏哦。」

——救命！溫文爾雅的正道之光也被帶上了成語接龍陰陽怪氣的不歸路！

裴渡從來都是孤身一人，裴鈺仗著家族勢力，帶著一幫家僕大肆嘲弄，如今局勢居然天翻地覆，他反而成了被聚眾羞辱的孤家寡人。

裴鈺氣得心梗。

祕境裡的異變來得突然，一番交戰之下，不少人都受了大大小小的傷。

幸虧正殿旁側有數間小室，能供身受重傷的修士進屋療傷。

在場大多數都是正派精英，很快便有序劃分好了房間。

替謝鏡辭擦藥的是孟小汀。

她簡要告知了孟小汀關於雲水散仙與心魔的事，把小姑娘聽得一愣一愣，一邊小心翼翼擦淨謝鏡辭肩頭的血汙，一邊恍然大悟看向門邊的楚箏：「哦哦！所以這位前輩芯子裡是女子……我方才一直納悶，妳為何允許他在上藥時進來。」

謝鏡辭低頭看自己身上的傷一眼。

她從小被嬌慣著長大，雖然經常提著刀四處打，但該有的療傷與護養樣樣不落，放眼觀去，除了此次新添的傷口，尋不見陳年舊傷。

修真界裡，從來都不缺淡去疤痕、甚至於斷肢再生的靈丹妙藥。

不知怎麼，明明是在瞧著自己的傷口，謝鏡辭卻突然想起裴渡。

裴風南之所以會收養他，除了與大兒子相似的外貌，有很大一部分因素，來源於裴渡天生劍骨。

裴明川爛泥扶不上牆，裴鈺雖然出色，卻稱不上卓越，身為裴家家主，裴風南需要找到一把最鋒利的、為他所用的劍。

裴渡就是最好的人選。

學宮在修習考核之外，常會安排弟子們外出遊玩，裴渡從沒參加過。

如今想來，裴風南禁止他與外人交往，在裴渡短暫的人生裡，大部分時候，都在祕境廝殺裡度過。

他分明是那麼溫柔的、澄澈得像水一樣的性格。

可這麼多年過去，裴渡沒交到一個真正的朋友，只留下滿身深淺不一的疤。

當初為他褪去衣物療傷，謝鏡辭嚇了一跳。

「……辭辭？」孟小汀的手在她眼前一晃，見謝鏡辭回神，咧嘴一笑：「在想什麼，這麼入迷？」

她說著一頓，嘴角蕩開微妙的笑意：「哦——我知道了，在想妳命定的道侶。」

這丫頭把最後五個字咬得格外重，謝鏡辭本來就心神恍惚，乍一聽見，耳朵轟地湧起熱氣。

「耳朵紅囉。」孟小汀喜聞樂見地看笑話：「其實妳不用不好意思，拔刀的時候多帥啊！我們從側廳趕過來的時候，周圍一群姐姐在哇哇叫，還說——」

她話音未落，說到一半，忽然聽見小屋外傳來竊竊私語。

那是幾個年輕的女修，說話時止不住咯咯笑：「我的天吶，不愧是謝鏡辭，幹了我一直想做的事。當著那麼多人的面宣示主權——命定的道侶，真會說。」

「我說過了吧！那兩人絕對早有貓膩，看上去是爭得你死我活的對頭，不知道背地裡有多膩歪。否則以裴渡和謝鏡辭的性子，要是真沒動心思，婚約哪一方都不會答應。」

「不知道為什麼，謝小姐講出那段話，我居然在原地傻笑個不停，感覺比裴公子還高興——是不是因為太久沒遇上心儀的男人了？我也想找個道侶啊！」

又有一人噗嗤笑道：「妳哪能比裴公子更高興！你們注意到沒？聽到謝鏡辭那些話的時候，他整個人都呆住了，直到後來被拖去療傷，還是跟做夢似的。」

「嘖嘖，高興傻囉。要是有誰對我說出那種話，我肯定心甘情願地嫁。」

孟小汀拼命憋笑，滿臉通紅，直到那群女修的聲音逐漸遠去，終於噗嗤笑：「我作證，她們沒說假話，裴公子當時的確高興傻了。」

謝鏡辭臉像被火燒，嗓音發悶：「……別笑了。」

她腦子有些脹，抬眼看向靜默無言的楚箏，迅速轉移話題：「前輩，如今護心鏡破，我們該如何是好？」

他們雖然結了劍陣，但結陣所用的靈力消耗極大，加之陣法外的妖邪盤旋不離、進攻不止，用不了七天，劍陣就會破碎。

想保全眾人性命，蝸居於此不是辦法。

「護心鏡碎開，我本體定已受到邪氣侵蝕。」這位前輩不愧是出了名的冷情，即便事已至此，楚箏仍未顯出絲毫慌亂的神色，語調不變：「心魔得逞，本應即刻離開，但由於劍陣結成，恐怕仍然留在附身之人體內。」

孟小汀雙眼一亮：「那我們可以先行找出心魔，這樣一來，不僅能知曉前輩心魔的內容，也能避免它繼續為非作歹！」

謝鏡辭點頭，若有所思：「心魔附體，會損人神智、對它言聽計從麼？」

「不會。」楚箏搖頭：「那只是心魔的一縷殘魂，還不至於亂人心智，尤其是殿內這些金丹元嬰的修士。它所用的法子，應是寄居於那人識海，出言蠱惑，不斷誘導。」

大家都知道護心鏡的用處，一旦破損，祕境必然大亂，若是尋常修士，絕不會做出這般損人不利己的醜事。

之所以冒著風險把邪氣帶進來……

謝鏡辭眸光微沉。

知曉邪魔之氣，又恰好位於正殿裡，裴鈺為了栽贓嫁禍，真是無所不用其極。

不過這也是個極好的機會。

他自認為有心魔相助，卻不會想到，雲水散仙的神識跟在她與裴渡身旁，一旦能將此事揭穿，莫說裴鈺聲名盡毀，他手裡那把湛淵劍，也能奪回來。

當初妖魔肆虐，她全都看在眼裡。

湛淵劍不服從他的掌控，連出鞘都做不到，裴鈺急得兩眼發直，礙於臉面，只能裝作不願摻和爭鬥的模樣，步步後退。

實在可笑。

她還想再說些什麼，卻察覺腦海中重重一晃。

系統為她爭取了一柱香的空閒，如今時間已到，懲罰將至。

「……方才用了太多靈力，我有些累。」她抿唇笑笑，看不出絲毫異常：「我先在房裡歇息片刻，不如二位去看看裴渡他們如何了。」

孟小汀不疑有他，聽她想單獨休息，不願打攪，連連點頭：「妳受了傷，千萬不要胡亂動彈！」

謝鏡辭朝她揮揮手。

很快人影散去，小室的房門被輕輕關上。

疼痛如同漲潮的水，一點點往上漫。

謝鏡辭淺淺吸了口氣。

小室內空空如也，沒有任何家具，她方才坐在角落，身下放著張從儲物袋拿出來的毯子，這會兒把身體漸漸縮成一團，毛毯也隨之皺起。

謝鏡辭向來不願讓旁人為自己擔心。

因此即便疼得厲害，彷彿有無形的火湧向全身，連骨頭都生生發痛，她也不過是緊緊蹙眉，把自己縮得越來越緊，咬住手臂不發出聲音。

疼到極致的時候，意識越來越模糊。

在一片混沌裡，謝鏡辭隱約聽見咚咚敲門聲，然後是房門被打開的聲音。

隨著那道聲音進來的，還有一陣清潤微風，與沁了涼意的樹香。

……裴渡為什麼會來？

謝鏡辭下意識覺得丟臉，把臉埋進膝蓋，聽他腳步聲越來越近，低聲道了句：「謝小姐？」

他應該是蹲下了身子，逐漸朝她靠近。

不知道是不是錯覺，裴渡再開口時，不但嗓音發顫，還隱約帶著幾分慌亂的澀然，近乎於哭腔：「……怎麼了？」

謝鏡辭沒有多餘的力氣回答他，倘若在這種時候開口，恐怕還來不及說話，她便會不自覺發出痛呼。

真是太丟人了。

她不想被裴渡見到這副模樣。

在鑽心的劇痛裡，有雙手輕輕覆上她後背。

裴渡的動作笨拙卻小心，如同觸碰著易碎的瓷器，將謝鏡辭一點點攏入懷中。

原本熾熱如火海的筋脈裡，突然湧入清泉般的冰涼氣息。

裴渡體內早已不剩多少氣力，卻為她緩緩注入靈力。

這個人……喜歡她。

她也對他情難自禁。

那些羞赧的情緒不知什麼時候一一散去，謝鏡辭回應著他的擁抱，伸手擁上少年人青竹般挺拔的脊背。

她的呼吸炙熱而紊亂，指尖緊緊壓在脊骨，幾近貪婪地索取他周身的涼意，裴渡身體僵得厲害，沒有躲開。

多虧他注入的靈力，疼痛總算有所緩解。謝鏡辭抽出為數不多的意識，啞聲解釋：「亂戰的時候，有魔氣入體。」

被邪魔之氣侵入體內，雖然氣息能逐漸消散，但在那之前，會感受到撕心裂肺的劇痛。

她此時所經歷的，與這種情況極為相像。

謝鏡辭想，她真是被吃得有夠死。

即便難受至此，她心裡想著的，居然是當初裴渡在鬼塚，被白婉強行注入魔氣的時候，所受的痛苦只會比她更多。

他那時有多疼啊。

身體的顫抖逐漸和緩。

當謝鏡辭抬起頭，已是面色慘白。

她仰起腦袋，身體仍然跌在裴渡懷中，視線上揚之際，撞進一雙通紅的眸。

無論身受重傷，或是被惡意刁難羞辱，哪怕在當日的鬼塚，裴渡都沒掉過眼淚。

此時此刻，年輕的劍修卻垂著長睫，紅潮自眼底悄然暈開，蔓延到上挑的眼尾，引出層層水光。

「……謝小姐。」

他察覺到自己的失態，試圖眨眼移開目光，卻不成想眼睫一動，如同輕盈小扇，搖落一滴透明的水珠。

他狼狽至極，想要抬手將水汽拭去，卻又覺得那樣過於難堪。

在謝小姐面前掉眼淚，這一件事讓他滿臉通紅。

裴渡嗓音發啞，半闔了泛紅的眼：「對不起。」

一隻瑩白的手撫上他眼尾，輕輕一劃。

謝小姐語氣平常，沒什麼力氣：「為什麼要說對不起？」

他不能讓她疼。

他之所以拼了命地變強，最大的願望就是站在她身邊，不讓謝小姐受傷。

裴渡原以為有了保護她的資格，結果卻發現，自己還是這麼沒用。

他本欲應答，忽然聽見謝鏡辭笑道：「你的靈力挺舒服，我很喜歡，謝了——你的傷口都包紮好了？方才有沒有被我的力道掙開？」

「都是皮外傷，不礙事。」裴渡搖頭：「謝小姐力道不大，霄陽替我療傷，繃帶也很緊。」

她知道裴渡身上有傷，哪怕疼得意識模糊，也竭力沒亂動亂抓。

小室裡出現了極為短暫的寂靜。

裴渡眼尾緋紅未退，目光微垂，不由怔住：「謝小姐，妳的衣服……」

謝鏡辭聞聲低頭，順著他的視線往下看。

之前那件衣服被血弄髒，孟小汀為她上藥後，謝鏡辭換了另一件

這條長裙款式簡單，沒有太多花裡胡俏的裝飾，最適合探險打鬥，本應是淺綠的布料，在她肩頭的位置，卻泛開了刺目紅色。

謝鏡辭對此並不意外，在裴渡進來之前，她的疼痛無法舒解，會將傷口掙破，是理所當然的事情。

「我去找孟小姐——」

裴渡下意識起身，懷裡的人卻並未鬆手，仰著頭，帶著笑地看著他。

之前的注意力都被她的疼痛占據，直到此刻，裴渡才意識到兩人之間的動作曖昧至極。

謝小姐的雙手按在他脊骨，拇指微微一動，勾勒出骨骼的輪廓，燎得他心慌，而她柔軟的身體……亦是緊緊貼在他胸上。

她沒有鬆開。

「傷口裂開，很疼。」謝鏡辭嘴角一勾：「歸元仙府凶險至此，如今的我手無縛雞之力，你要去找孟小汀，把我一個人留在這兒嗎？」

這句話裡雖然帶著笑，尾音卻隱隱下壓，如同撒嬌。裴渡被她直白的視線看得心尖顫，下意識應答：「不是。」

謝鏡辭的聲音很輕：「所以呢？」

他像被一塊巨石壓在識海上，被撩撥得暈頭轉向，只能順著她的意思：「我——」

裴渡一頓：「我來幫謝小姐擦藥……可以嗎？」

謝鏡辭笑得像隻偷腥成功的貓，慢悠悠往角落的牆上一靠。

於是他順勢向前。

「本來不想麻煩你，但我沒有太多力氣。」她壓低音量，意有所指：「好像連抬手都做不到。」

那道開裂的傷口位於肩頭，她沒辦法抬手，自然也就無法自己把衣物褪下。

裴渡半跪在冰涼的地面上，聽見自己的心跳聲。

生有薄繭的手緩緩向前，落在謝小姐薄如蟬翼的前襟。

「……冒犯了。」

所幸這件衣衫樣式簡單，不至於令他解得手忙腳亂，指尖稍稍一動，便引得衣襟微敞，往肩頭的位置滑落。

他逐漸看見謝小姐白皙的脖頸、鎖骨與肩部線條，心如鼓擂，視線不敢往下，手指也不敢亂動。

是被魔氣劃開的長痕，綳帶脫落，正往外滲著血。

裴渡拿出備好的藥膏，先替她擦拭血跡，再伸出食指，點在長痕所在的位置。

謝鏡辭之前哪怕被萬火焚心也沒發出一點聲音，這會兒卻輕輕一顫，倒吸一口冷氣：「好疼哦。」

一出聲，讓他的心化開大半。

「我聽說，要是疼得受不了，有人吹一吹，或許能好受一些。」她像是喃喃自語，末了又抬眼看他：「裴渡，這是不是真的？」

近在咫尺的少年長睫低垂，聞言動作一頓，如同經歷了一場激烈的心理鬥爭，湊近些許，微微鼓起腮幫子，往她傷口上吹了口冷氣。

像迷路的倉鼠，鼓鼓的，還傻乎乎。

謝鏡辭輕笑出聲，他臉上更紅，為她包好綳帶攏上前襟，迅速退開：「好了。」

「多謝啦。」她的身體仍是軟綿綿的，連帶著嗓音也慵懶輕柔，自帶勾人的欲意：「你替我上藥，又為我渡了靈力，我是不是應該做些什麼當作回報？」

今日的謝小姐，似乎與以往不大一樣。

哪怕只是輕輕笑一笑，就能叫他頭暈目眩，心口湧上說不清道不明的甜。

裴渡強壓下胡思亂想，正色應她：「謝小姐對我有大恩，此等小事不足掛齒。今日在正殿之內，也要多謝小姐說出那段話。」

他略作停頓，眸光微沉：「彼時旁人眾多，其實謝小姐不必為了我——」

謝鏡辭卻仍是笑，打斷他：「你說出一個心願，沒關係——裴公子總不會想讓我過意不去吧？」

從謝小姐讓他上藥時起，就有什麼東西在逐漸向他靠近。

如同潛伏在叢林裡的蛇，看不見行蹤，如影隨形，卻不像蛇那般陰毒狠辣，而是裹挾著種種情思，一點點將他纏繞，就像——

裴渡說不清那是種怎樣的感受。

那是被精心編織的陷阱，他逃不開。

「待我們回到雲京，謝小姐……能否帶我去吃一次甜食？」他小心翼翼：「只有我們兩個人。」

謝小姐沒有說話。

他捉摸不透她的想法，疑心著自己是否得寸進尺，正打算含糊略過這個話題，忽然聽她道：「就只是這樣？」

裴渡一怔。

謝小姐的嗓音清淩淩響在耳邊：「你若是得寸進尺一些，那也無妨。」

那股莫名的感覺又來了。

就像細密的繩索，沾著甜糖，將他綁縛得無法動彈。

「裴公子一生正直，是不是沒有過得寸進尺的時候？」她驟然靠近，雙手撐在他胸前：「不如讓我來教教你。」

心跳亂如疾風驟雨。

裴渡呼吸不穩，喉音低且乾澀：「謝小姐……」

「比如擁抱，牽手，我都不會介意。」她抿唇一頓：「或是——」

按在胸口的雙手無聲向上，宛如柔軟的藤蔓，捧住他臉頰，倏地往下帶。

他瞬間屏住呼吸。

謝小姐仰頭向上，呼吸引出一團綿延的熱氣。

因落淚而暈開的淺粉未退，而她的唇瓣極盡輕柔，悄然吻在通紅的眼尾。

流動的時間恍如靜止。

裴渡忽然想，哪怕他在這一刻死去，那也心甘情願。

當她的唇終於從眼尾移開，在距離他毫釐的地方停下。

謝鏡辭的嘴角微揚，如同紅潤的、泛著水色的小勾：「或是像這樣……你喜歡嗎？」

可他不能死去。

一旦閉上眼睛，就再也見不到謝小姐。

他想為了她活。

為了她，好好地活。

「裴渡。」謝鏡辭捧著他的臉，聲音輕軟如蜜，直勾勾沁在他心裡：「倘若我說，今日在正殿裡……」

太近了。

他們幾乎是鼻尖對著鼻尖，謝小姐的雙眼澄澈如鏡，悠悠一晃，便映出他怔然的倒影。

此時此刻，她的瞳孔裡，只剩下裴渡的影子。

在寒風凜冽的隆冬，空氣裡卻悄然滋生出若有似無的熱，纏綿，甜膩，無法捕捉，肆無忌憚燎在他心口。

曾經一劍誅百邪、以冷靜自持聞名的少年劍修此時倉皇無措，被她溫熱的吐息包裹，後退不得。

裴渡隱隱猜出她即將說出的話，下意識嘲笑自己不知好歹，天馬行空。

可心底還是存有卑微的希冀，帶領著心臟撲通撲通瘋狂跳動。

謝小姐眉眼彎彎，雖然在笑，目光裡卻是不容置喙的決意：「包括『心甘情願跟在你身邊』……那些言語，句句出自真心呢？」

在學宮終試的時候，裴渡曾費盡心思製造偶遇，只為能告訴那輪他仰望許久的太陽，讓我留在妳身邊。

那不過是個遙不可及的心願，帶著無比卑怯的情愫，以玩笑話的方式被帶往她身邊。

在那之後，裴渡繼續咬著牙一次次拔劍，試圖離她更近一點。

像在做夢。

當他竭盡全力追尋著她的背影，謝小姐卻倏然轉身，直接撲向他懷中。

那是屬於裴渡的太陽。

她輕輕吻上他眼角，噙著笑地告訴他：「我來啦。」

裴渡這一生中，鮮少有過如此開心的時候。

居於裴府時，要忍受數年如一日的苦修，與諸多閒言絮語、刻意刁難，有時聽得幾聲稱讚，他年少成名，心中向來不會因此生出波瀾。

在學宮修習時，每日最期待的事情，便是能見到謝小姐的影子。

倘若能和她打上一聲招呼、說上一兩句話，心裡的小人甚至會咧嘴傻笑，忙不迭滾來滾去。

那時他的快樂來得簡單，借她看過的書、修習她練過的術法，都能讓裴渡覺得距離她更近一些。

但這種快樂畢竟只是虛妄，在短暫的竊喜之後，是遙不可及、宛如天塹般的距離，連帶著喜悅也不再純粹，變成了淡淡的、帶著零星幾分澀意。

因而在此時此刻，面對謝鏡辭漆黑的眼睛，從未體會過的情緒洶湧如潮水，自心底瘋狂蔓延滋生。他被狂風暴雨擊得頭暈目眩，幾乎以為自己會即刻昏倒過去，腦袋止不住發懵。

他像是澈底傻掉了。

裴渡半晌沒有回應，謝鏡辭心裡同樣緊張，頭腦發熱，奈何他雙頰通紅的模樣實在可愛，將她的忐忑不安打消大半，忍不住想要抱上一抱。

「我說了這麼多，」謝鏡辭忍著笑，語氣裡仍有緊張拘束，「你不打算做點回應嗎？」

裴渡把指甲深深刺入手心。

生生髮疼，這裡不是夢境。

原來喜悅到了極致，便不會變成笑。

沉甸甸的情愫裹在心口，再轟地一聲爆開，心臟跳動的聲音又快又凶，如同浸在甜膩的蜜糖裡，伴隨著砰砰亂炸的煙花。

「謝……」他眼中竟又騰起薄薄的紅，喉頭一動，嗓音沙啞得過分，一本正經：「妳是真正的謝小姐嗎？」

歸元仙府內妖邪橫行，其中不乏能變換面容之物。

謝鏡辭當真沒想到，裴渡聽到這番話的第一個念頭，是確認她可否真是謝鏡辭本人。

她先是覺得傻得好笑，旋即又覺心中酸澀，捧著他的臉的手指輕輕一劃，描摹出少年人稜角分明的面部輪廓。

裴渡渾身緊繃，因她的動作長睫微顫。

「裴公子何出此言？」謝鏡辭往後退開些許，仍是直勾勾看著他的眼睛：「難不成真正的謝小姐，不會對你說出這種話？」

她平日裡習慣了叫他「裴渡」，偶爾喚上一聲「裴公子」，疏離卻曖昧，被脆生生念出來，隱約藏著幾分逗弄的意思。

裴渡哪裡經得起這樣的撩撥，彷彿貓爪撓在心尖上，忽然又聽她低聲道：「你若想知道我是真是假……不妨親自來驗明一番。」

放在他臉頰上的雙手無聲移開。

謝鏡辭握住他手腕，慢條斯理地往上帶。

手指觸碰到她凝脂般的側臉，在她的牽引下，慢慢往下滑。

他心亂如麻。

偏生謝小姐並不急躁，頗有耐心地問他：「怎麼樣？你覺得是真是假？」

她稍作停頓，亮盈盈的雙眼月牙似的一彎：「還想繼續嗎？」

裴渡沒有即刻應聲。

謝鏡辭靜靜等他的回應，倏然察覺脊背上籠了層熱氣。

裴渡的瞳仁漆黑一片，湧動著她看不真切的情愫，如同雷雨之下的暗潮，只需一眼，就讓謝鏡辭胸口一震。

他的動作小心翼翼，先是壓上她的脊骨，然後力道漸漸加重。

取得主動權，看著裴渡臉紅是一回事，如然之間被他搶占上風，淪為被撩撥的那一個，就是完完全全的另一回事了。

謝鏡辭以為他會手足無措，對這個動作毫無防備，一時亂了陣腳，把即將出口的話生生憋進喉嚨。

裴渡漸漸靠近，兩人的黑髮與衣物摩挲，發出令人臉紅心跳的細微響聲。

「……謝小姐。」他把腦袋輕輕埋進她脖頸，嗓音極低，止不住地輕顫：「我快瘋了。」

張牙舞爪的謝鏡辭因為這短短七個字，再也不敢胡亂動彈。

「所以，」她被裴渡的呼吸弄得有些癢，努力穩住心跳，強撐著羞怯問他，「你的答覆是什麼？」

小室內靜了短短一瞬。

然而下一刻，對她做出回應的，卻不是裴渡的聲音。

——門外本是寂靜無聲，猝不及防響起尖銳刺耳的慘叫：「救命！」

旋即房門被猛地衝開，來者並非正殿裡的任何一位修士，而是一團周身散發著熾熱溫度的幽火！

裴渡凝神蹙眉，須臾之間轉身拔劍，擋下突如其來的進攻。

「幽火。」謝鏡辭險些氣成河豚，又恨又惱：「劍陣應該不會這麼快就崩塌。」

「許是出事了。」

幽火以來去無蹤、凶戾狠烈聞名，裴渡劍意凜冽如冰，道道白芒織成密集巨網，將其瞬間斬作四散的碎屑。

他一向溫潤自持，很少使用這樣的殺招，想來同樣心懷怨氣，有些不大高興。

謝鏡辭沒忍住嘴角的笑：「我們還是出去看看吧。」

她說著眸光一轉，望向少年漂亮的鳳眸，笑意更深：「答覆可以慢慢來，不急。」

裴渡周身殺意未散，聽她這句話的瞬間，耳根再度湧起火一樣的紅。

小室之外魔氣四湧，能聽見斷斷續續的呼救聲。謝鏡辭暗自皺眉，與裴渡一同趕往正殿，首先闖入視線的，便是魔物們上下起伏的影子。

「裴、裴公子！」有修士瞥見二人，一面迎敵，一面倉皇出聲：「不好了，劍陣不知為何突然破損，魔物們穿過陣法闖進來了！」

角落裡響起一聲高呼：「劍陣——劍陣還有多久能修復？」

「快了！」

陣法旁側的數位劍修皆是凝神屏息，在心中默念劍訣，靈氣彙聚成刺目白芒，逐漸填充劍陣損毀的空隙。

謝鏡辭只覺一個頭兩個大：「劍陣怎會突然破損？因為外邊的魔氣太強？」

「應當不會。」裴渡搖頭：「在劍陣之外，劍氣能阻絕襲來的魔潮，很難對陣法造成太大破壞，我與幾位師兄師姐估計過，假若一切如常，我們能堅持四到五日。」

「那——」

「劍陣受損，只可能是陣法之內出了問題。」

冷淡的少年音突然出現，謝鏡辭循聲望去，見到緩步走來的楚箏。

「還記得嗎？在這些弟子之中，有人被心魔附了體。」

謝鏡辭心頭一動。

心魔本應在破壞護心鏡後立刻離開，卻礙於劍陣，不得不滯留在此地。

它想走，被它附體的那個人，也必定想讓它迅速離開——只要被在場的修士們發現貓膩，察覺心魔的所在，那人毫無疑問會成為被萬般唾棄的罪人，聲名盡毀。

邪魔之氣能侵蝕神器，亦有損毀陣法之效，只要那人趁眾人不備，靠近陣法注入邪氣，就能製造缺口，讓心魔迅速溜走。

為了自己的名聲，便毫不猶豫讓這麼多人置身於九死一生的境地……

謝鏡辭眼底生冷，目光一晃，越過重重疊疊的人影，來到正殿大門。

這回裴鈺沒像之前那樣縮在角落，而是領頭站在最前方，揮劍斬去洶湧而來的妖邪，儼然一副正道領袖的模樣。

他修為已至元嬰，又是裴家預定的下任家主，在修士之間向來地位不低。

不久前的那番爭執不過是段小插曲，在生死存亡之際，不少人都拋去了鄙夷和看笑話的念頭，跟在他身側。

值得一提的是，這人手裡握著的並非湛淵劍，而是自己的配劍明光。

明光雖然也是不俗之物，但較之神器湛淵，就顯得不那麼出風頭。聽說他在劍塚得來的本命劍並不符合心意，裴風南百般無奈之下，尋來了這把削鐵如泥的明光。

這叫什麼。

拋棄正牌妻子，用情人掙來的錢討好心中女神，結果什麼也沒撈到，吃了閉門羹。

實在可笑。

裴鈺的劍招凌厲，招招裹挾殺意，所到之處腥風陣陣，可見飛揚的血花。

他似是聽到那聲「裴公子」，順勢轉過身來。

裴渡。

他今日以身涉險，不惜讓自己置身於此等危機之下，也一定要做到的……便是整垮裴渡。

在場盡是正派修士，乍一看去，除裴渡以外，沒有任何人能帶來邪魔之氣。

然而無人知曉，其實在當初的鬼塚裡，他為陷害裴渡引來魔潮，沒成想一個不留神，竟被邪祟偷襲，沾染了魔氣。

白婉何其寵他，得知此事後祕密尋來名醫，沒有透露一點風聲。

名醫醫術自然高明，骨髓、經脈與血液中的魔氣被清空，一乾二淨，只有裴鈺自己知道，還剩下一處地方。

他不為人知的心魔。

裴渡天生劍骨，對劍術的感悟遠超常人，裴風南本就不滿兩個兒子的平庸，收養裴渡後，幾乎把全部精力都放在他身上。

那是個無恥的小偷。

偷走了本應屬於他的榮耀、屬於他的關注、屬於他的無限風光，甚至……屬於他的劍。

沒錯。

倘若沒有裴渡，以他裴鈺的天資與心性，只要多加修煉幾年，前往劍塚的時候，湛淵定會服服帖帖，認他為主。

只要沒有裴渡，他的人生必然一帆風順，步步高升。

所以，竭盡所能地除掉那塊絆腳石，並非所謂「惡毒」，而是情理之中——人不為己，天誅地滅。

這份執念成了心魔，在連裴鈺本人都毫不知情的時候，悄悄在他心底越扎越深。

當他有所察覺，已是魔氣入體、附著在心魔之上。

這件事萬萬不可讓其他人知道。

心魔事關重大，即便是白婉，也沒有能力助他消除，倘若被裴風南得知風聲，他就完了。

裴鈺決定憑藉自己的力量，神不知鬼不覺地除掉它。

而其中最好最快的辦法，就是讓裴渡跌入泥潭，變成眾人唾棄的廢物。

來到歸元仙府時，有某種東西纏上了他。

它並不畏懼劍氣，跟在他身旁竊竊私語，說有辦法助他剔除心魔，讓裴渡陷入孤立無援的境地。

「只要護心鏡被侵蝕，祕境便會大亂。到時候人心惶惶，你當眾指出裴渡身懷邪魔之氣，就算沒有證據，那些修士也會對他心生懷疑。」它道：「想想那日在鬼塚的懸崖上，不也是靠你三言兩語，就令他百口莫辯了麼？」

在情急之下，人們往往如同密集的蜂群，被群體的浪潮攪亂所有思緒，情緒化地跟隨大流前行。

只要他搶先表明態度，就能為浪潮奠定最終的方向。

「我這裡有張失傳多年的濯魔符，能探出邪魔之氣的所在。」那聲音見他動心，繼續道：「不要急著用它，我附著在你身上，會被此符察覺。待我離開後，你再以尋魔之名發動，與此同時……把邪氣注入裴渡體內。」

它說著帶了笑意：「你的邪氣藏匿於心魔之中，不會被符咒感應。想像一下，到時候整個祕境，唯有裴渡被查出身懷邪氣，其他人會如何看他？百口莫辯吶。」

裴鈺無法否認，他心動了。

而且是迫不及待、急不可耐的那種心動。

一切都進行得極為順利，他在正殿附近轉悠，等那聲音告訴他裴渡已至，便驅動邪氣入侵護心鏡，把祕境攪了個天翻地覆。

然而他萬萬沒想到，裴渡竟帶頭設下了劍陣。

寄居在他體內的聲音無法離開，濯魔符也就無法使用，更讓裴鈺憤恨不已的，是所有修士一邊倒，紛紛選擇相信裴渡。

不該是這樣的。

他氣得渾身發抖，那來歷不明的聲音卻語氣悠哉：「別慌。只要你破壞劍陣，助我離開，到時候一切按照原本的計畫，不會出任何差池。」

劍陣被毀，邪魔定會大量湧來。

但他既然已經錯了第一次……那這第二次，便將錯就錯吧。

邪祟的慘叫與笑聲不絕於耳，裴鈺按耐不住心中激動，一面迎敵，一面揚聲開口，難掩格外高昂的語調：「諸位！我方才搜尋儲物袋，找到了一件寶貝。對於找出此次異變的幕後黑手，或許大有用處。」

他之前可沒有這麼自信果斷，也不知道想出了怎樣的法子。這人狗嘴裡吐不出象牙，如今乍一開口，謝鏡辭下意識覺得不對勁。

「我曾經四處遊歷，在一處遺跡發現了傳說中的濯魔符，聽說能搜尋邪魔之氣的源頭，驅散邪祟。」裴鈺道：「既然我們找不出線索，不如用它來試上一試，如何？」

……濯魔符？

謝鏡辭從沒聽過這個名字。

裴渡沒給他絲毫眼神，拔劍治退邪魔。

如今的歸元仙府，已然成了求生無門的煉獄。

劍陣白光大作，映出周圍環繞著的濃郁黑潮，霧氣綿延不絕，被染成黑紅交織的詭異色澤，邪魔的身影詭譎非常，密密麻麻聚在陣法之外。

而今陣法破開一道裂口，魔物們欣喜若狂，有如過江之鯽四湧而來。

失去了護心鏡的禁制，每個魔物都至少有金丹修為，不少弟子被傷得血跡斑斑，無從反抗。

即便到這種時候，裴鈺最關心的，竟還是在第一時間拉裴渡下水。

「請各位再堅持片刻！劍陣馬上就能——」

女修的聲音被逐漸淹沒，在四周狂吼的疾風裡，驟然響起一聲震耳欲聾的嘶嚎。

——方才還只剩下一道小口的劍陣，竟被一道黑影猛地撞破，陰風怒號，邪氣大漲，謝鏡辭駭然抬起視線，見到一個碩大無比、渾身環繞著鬼火的骷髏頭。

「這、這是什麼東西！」距離它最近的修士倉皇後退，臉色發白：「這玩意兒……起碼是元嬰巔峰！」

元嬰巔峰。

在場的元嬰修士並不多，更何況大多數人都受了傷，面對此等龐然大物，莫說反抗，連逃跑都做不到。

有女修吐出一口鮮血，忍下發紅的眼眶，耗盡最後幾絲靈力擊退邪魔，破口大罵：「到底是哪個混蛋破了劍陣！現在我們全都要死在這兒，你高興了嗎！要是老娘能活著出去，第一個就殺了你！」

「沒救了！我們死定了！」

「元嬰巔峰……我們這兒有元嬰巔峰的人嗎？」

另一人顫聲道：「裴二少爺！我記得你是元嬰修為，對不對？」

裴鈺咬牙，太陽穴突突地跳。

他是元嬰不假，但方才經過一番纏鬥，靈力早就沒剩下多少，要是正面對上那個怪物，無異於自尋死路。

從進入祕境到現在，他心裡頭一回生出了後怕的情緒。

這些邪魔來勢洶洶，如同許久沒吃到食物的餓鬼，即便是他，也沒有信心能全部清除。

尤其是這隻突然出現的大怪物。

全都怪那道莫名其妙出現的聲音。

沒錯……一切都是它的錯，如果它不找上他，就不會發生這麼多破事，害他搬起石頭砸自己的腳。

他猶豫著沒說話，心裡思緒萬千，正打算找個藉口，佯裝出受傷無法動彈的模樣，毫無防備地，聽見身旁一聲驚呼：「裴公子、謝小姐——！」

一陣淩然疾風掠過。

裴鈺不敢置信地抬頭。

骷髏頭中幽火四溢，大嘴一張，便從口中吐出熊熊烈焰。

鬼火不比尋常火焰，散發青黑之色，即便擦身而過，也會帶來鑽心刺骨的劇痛。

裴渡身法極快，有如出鞘利劍，手中劍氣嗡然，隱隱聚出蒼龍之勢，他側身躲避鬼火時驟然一揮，頓時冷光飛濺，有如瓷瓶乍破，蹦出清凌水光。

謝鏡辭跟在他身側，較之裴渡，步法更加難以捉摸，悄無聲息避開幾道鬼火，刀光所過之處，泛起蘊了血色的幽影。

刀光劍影，生出吞天之勢。四面狂風大作，在聚散不定的光影中，竟生生將怪物逼得節節後退。

如此亂戰，倘若冒然上前相助，只會給他們徒增麻煩。

但因著這份迎敵之勢，方才已然灰心喪氣的修士們陡然一靜，再度握緊手中法器。

「不好了！這怪物破陣太凶，其他方位也受了影響！」

「我去東邊！」

「我去南邊——喂你，別哭了，快跟我來！」

一時靈力激蕩，妖邪嚎叫、刀劍鏗然與陰風咆哮不絕於耳，在四下喧鬧之中，猛然響起一聲刺耳怒吼。

骷髏頭的修為遠遠高出在場所有人，裴渡與謝鏡辭雖能與之纏鬥片刻，奈何之前損失了太多靈力，逐漸落於下風。

尤其是裴渡。

為結成劍陣，他幾乎耗去了所有氣力，雖然後來服下丹藥，但總歸不復平常實力。

怪物在源源不斷的攻擊下怒氣漸生，鬼火燒得越來越旺。

裴渡靈根屬水，最克制此等烈焰，想破除魔核，只能依靠他的靈力。

謝鏡辭竭力摒退重重進攻，見他逐漸靠近骷髏口中的魔核，咬牙默念法訣，為其分擔些許攻勢。

烈焰如刀。

裴渡咽下喉間血腥氣，握在劍柄上的手指微顫。

邪火凶猛異常，長劍已被灼出道道裂痕，不剩多少力量。他要想破開魔核，唯有拼盡全身氣力，將靈力注入其中。

……到那時候，他大抵也會受到反噬，修為大損。

但這是唯一的解決之法。

鬼火肆無忌憚啃噬著骨髓，雖然無法回頭，裴渡眼前卻隱約閃過一個姑娘的影子。

他已經……想好了給她的答覆。

少年劍修立於烈焰中，長睫微垂，手上用力。

當他抬手之際，在耳邊不休的哀鳴裡，忽然響起一道無比熟悉、清澈如泉的嗡鳴。

裴渡微怔，抬頭。

「那是……」不知是誰顫著聲喊：「湛、湛淵劍！」

神劍有靈。

在千鈞一髮之際，原本被施加禁咒、牢牢縛於裴鈺腰間的長劍，竟劇烈顫動。

顫動愈來愈凶、愈來愈烈，錦衣少年慌忙想按住它，卻只見寒光一現，嗡然如龍吟。

那把被施加重重枷鎖的劍……

竟衝出劍鞘，向著烈火之中的人影奔去！

湛淵性寒，於半空劃出清幽雪色，如同破曉時分的第一束冷光，擊碎蔓延開來的死氣與黑潮。

裴渡唇角微揚。

這是無數次並肩作戰的老朋友。

它回來了。

湛淵的寒光勢不可擋。

凜然劍氣凝成道道冰牆，有如風檣陣馬，游龍咆哮——

只需這一劍。

鬼火倉皇退去，長劍深深沒入魔核之中。

當火星四溢、魔物發出瀕死哀嚎的剎那，所有人不由閉上眼睛。

裴渡與骷髏頭的殘骸一併落地。

所幸有湛淵相助，他雖面無血色，卻也不至於落得筋脈受損的境地。

方才的一切都遠遠超出所有人預料，過了半晌，才有修士喃喃道：「死……死了？」

「當然死了！」他身旁的人敲他腦門，帶著哭腔：「我們還沒玩完！」

「湛淵劍，那是湛淵劍吧！我聽聞裴公子墜入深淵，本命劍便被裴家奪了去……劍果然是有靈的！」

這番話句句屬實，但在某些人聽來，就難免不是滋味。

裴鈺知曉那骷髏不好對付，本想看著裴渡逞英雄鬧笑話，沒成想湛淵出鞘，反倒將他襯作了小丑。

他沒辦法再等下去了。

「諸位是不是忘了？我們還有件大事沒幹。」

裴鈺整個身子都在抖，從懷裡掏出濯魔符：「作惡之人還沒被找到，如今邪魔逼退，我的這張符咒，是時候——」

他話音未落，忽然聽見一聲哼笑。

「濯魔符？聽都沒聽過，誰知道你是不是在唬弄我們。」孟小汀殺得滿臉血，朝他微揚下巴：「我手上有個更直白的證據，不知大家有沒有興趣看上一看。」

龍逍默默遞了塊錦帕給她。

這回連謝鏡辭也摸不著頭腦，心甘情願當她的捧哏：「什麼證據？」

「劍陣把心魔困在這兒，它肯定想出去。」小姑娘咧嘴笑笑：「怎麼出去？當然是破壞劍陣啊！我早就做好準備，在正殿藏了顆留影石。」

孟小汀雖然鹹魚，但她不傻啊。

當時給辭辭療完傷，她聽完楚箏那番話，第一個反應就是，心魔必然不可能坐以待斃，想要儘快出去。

只要一顆留影石，查出幕後那人的身分，豈不是手到擒來。

微風拂過他鬢邊的亂髮。

裴鈺像是一幅突然褪去了所有色彩的肖像畫。

謝鏡辭在心裡給她豎了個大拇指。

孟小汀。

永遠的神！

「話說回來，這張濯魔符到底是什麼東西？」莫霄陽上前湊熱鬧，瞥他手裡的符咒一眼：「我從來沒聽過這個名字，莫非是失傳已久的上古神——咦？」

他說到一半忽然停下，謝鏡辭察覺不對，好奇開口：「怎麼了？」

「這符咒上寫著的，好像是我們鬼域的文字。」

莫霄陽撓頭，見裴鈺呆立著一動不動，將濯魔符拾在手中，細細一認，兩眼發直。

孟小汀也被勾起興趣，湊近了探頭探腦：「快快快！這符上寫了什麼東西！」

莫霄陽：「呃——」

「這上面寫的是，『哪有什麼濯魔符』。」莫霄陽神色複雜，一字一頓念完正面的字，說罷手腕微動，翻到另一面：「『這你也信，蠢貨』。」

場面一度非常尷尬，正殿中充滿了快活的空氣。

「總之，」孟小汀輕咳一聲，「不如我們一起來看看留影石吧？」

第十七章　雲水散仙

裴鈺懵了。

因為大哥早夭，爹娘把無盡寵愛與期許放在他身上。他當了這麼多年嬌生慣養的少爺，頭一回遇到這麼尷尬的境況。

不但被一把劍當眾打臉，還被不乾不淨的魔物牽著鼻子耍，當「濯魔符」上的文字被莫霄陽念出來，每個字都像一個巴掌，啪啪往他臉上抽。

他被襯托得像個傻子。

更讓他意想不到的是，孟小汀居然準備了留影石。

一旦那上面的影像暴露，他就澈底完了。

假若方才出言制止孟小汀的動作，無異於不打自招，他努力克制住顫抖，牙關顫慄不止，勉強做出面目平和的模樣。

說不定……能有巧合發生。

她的留影石不知放在哪裡，倘若他剛好避開了被窺視的位置，一切就還有救。

隨著孟小汀靈力聚合，手心出現一顆瑩亮圓潤的石頭，正殿之中的喧嘩聲迅速安靜下來。

如今劍陣得以補全，邪魔也被驅逐殆盡，所有人圍聚成團，帶著滿心好奇地仰頭，看向半空中浮起的虛影。

入眼所見，是劍陣破損之前，正殿裡的景象。

第一輪的大戰後，不少人少受了傷，各大門派與家族的弟子三三兩兩結伴而坐，皆是收斂了神色，一派肅穆。

忽然之間，有道身影逐漸往劍陣邊緣靠近。

有人目光微動，若有所思地看裴鈺一眼。

裴鈺咬著牙。

其他人不會知道影像中情節的走向，他卻瞭解得一清二楚。

當時藏在他心裡的聲音急著要走，他也急著用濯魔符陷害裴渡，一番商議之下，裴鈺終是答應破壞劍陣，讓它快快離去。

坐在陣法邊緣的大有人在，多他一個不多，少他一個不少，就算大步流星地走過去，也不會有太多人在意。

在留影石提供的影像裡，錦衣少年已經端正坐下。

裴鈺不傻，當然不會直接釋放邪氣，否則他一過去，陣法就崩塌，到時候要論懷疑對象，罪名第一個便落在他身上。

只要再過一盞茶的功夫……他們就會察覺貓膩。

裴鈺如置身冰窖，心裡前所未有的恐懼。

蠱惑他的那道聲音魔氣濃郁，從他體內離開、趁亂逃走時，帶出了一團極為微弱的黑氣。

一定……一定會被所有人看到。

猩紅血氣逐漸填滿整雙眼睛，無法遏制的憤怒轟地往上湧。

都怪裴渡，都怪謝鏡辭，都怪孟小汀……如果不是他們，他的處境怎會變成這樣！

四下寂靜裡，殺氣凜然的劍光一現！

裴鈺拔劍出鞘，直攻人群之中的孟小汀，死水般的空氣被層層破開，發出鋥然輕響，與之一並響起的，還有數道驚呼。

他出招極快，謝鏡辭正要拔刀迎戰，須臾之間，感受到從身側穿過的風。

「這位道友。」龍逍這回終於斂去了笑意，以身為盾，成為一道堅不可摧的屏障，護在孟小汀跟前：「惱羞成怒，實在不是君子之風。」

裴鈺做出這般舉動，即便不看完接下來的影像，眾人也能知曉內容。想必裴鈺已是自暴自棄，破罐子破摔，在走投無路之下，無所謂其他。

謝鏡辭噤聲抬頭，目光落在變換不停的影像上。

這會兒時至入夜，正殿裡的長明燈悠久不滅，層層燈光如同水波蕩漾，填滿每處角落。

在這種光亮裡，任何黑暗都顯得格外刺眼且突出。

「那、那是——！」

即便已經知曉了答案，但當這道聲音響起，修士們還是炸開了鍋。

——只見劍陣微晃，裴鈺面色如常地坐在原地，身體不動聲色往後仰倒，似乎是為了遮擋住什麼東西。

他有意遮掩，奈何留影石被孟小汀藏在高處，毫不費力，便映出一道漆黑綿延的薄霧。

那毫無疑問是魔氣。

數雙眼睛，不約而同地望向裴鈺。

「果然是你！你就這麼想把所有人都害死嗎！」一個劍修怒不可遏，直勾勾給了他一拳：「你知道我們有多少人差點死掉，又有多少人當真死掉了嗎！」

「你費盡心思，不但與邪魔為伍，甚至還把我們所有人的性命當作兒戲……」

又有人顫聲道：「僅僅是因為，你想把所有罪責嫁禍給裴渡，讓他受盡責難？那我們呢？我們的命，在你眼裡又是什麼？」

「懦夫，叛徒！」從人群裡衝出一個雙目猩紅的少年，揪著他衣領，帶著哭腔地喊：「我哥哥在亂鬥裡身受重傷，直到現在也沒睜開眼……那麼多人的命，你用什麼來還！裴渡冒著性命危險除魔，而你呢？躲在一邊看戲！不怪湛淵劍心甘情願跟著裴渡，你永遠都比不上他！」

永遠都比不上他。

錦衣少年雙唇發抖，突然發出一聲輕蔑的冷笑。

「我比不上他？」裴鈺哈哈大笑：「是，我是比不上他！什麼劍道天才、湛淵之主……」

他說著神色一凜，目光中多出幾分猙獰之色：「但那只不過是因為他的劍骨！憑藉天生得來的資質，寵愛、仰慕、機緣法寶，什麼都心甘情願跟著他……除了天生劍骨，他究竟哪一點比我更強！」

裴渡安靜聽他繼續說。

「難道不是嗎？論修煉刻苦，我也是日日夜夜練劍啊！憑什麼所有人的視線都要聚集在他身上，讓我淪為陪襯！」裴鈺越說越激動，再度癲狂地大笑出聲：「除去天賦，你還剩下什麼？一個和我大哥長相相似的替身，一個不知道從哪裡來的窮鬼，要不是被我家收養，如今還不知道在——」

他話音未落，便被倏然而至的刀風打在胸口。

謝鏡辭嗓音極冷：「狗吠聽多了心煩，裴二少爺不用繼續叫喚。」

「你們看看！連雲京謝家的大小姐，都毫不猶豫站在他那邊！」裴鈺忽地退了笑，眼底盡是怒氣：「天生劍骨好生了不起，有種就卸了靈力，同我公公平平打上一場！」

「公平？」龍逍摸摸下巴，恢復了微笑：「我記得當初玄武境大比，裴二少爺拿著湛淵劍、還有一身元嬰期修為，當時你向裴渡宣戰，也沒見講究什麼『公平』啊。」

他說著一頓，做出恍然大悟的模樣，看向身後的孟小汀：「啊，對了，我記得當初在玄武境裡，裴二少爺還打輸了，對吧？」

孟小汀忍著笑，附和點頭。

那次比試是他一輩子無法忘卻的屈辱，裴鈺恨得牙癢癢，努力壓下破口大罵的衝動，冷笑著與裴渡四目相對：「怎麼樣，敢不敢？」

反正他已經完了。

離開祕境之後，他與邪魔私通之事定會傳遍整個修真界，在他成為人人喊打的過街老鼠之前……

裴鈺眸色一暗。

他要把裴渡一併拖下水。

真是太不公平了。

僅僅因為與生俱來的天賦，裴渡就能擁有快他三倍的修煉速度。如果沒有靈力，沒有血脈，也沒有劍骨與靈根帶來的劍氣，只憑劍術，那人絕不可能是他的對手。

他要讓所有人看看，所謂的劍道天才，其實只是個依靠劍骨的廢物。

謝鏡辭真的很想爆捶他。

但她終究還是忍了下來，看向身邊的裴渡。

裴渡也在看她，在視線相撞的瞬間長睫微動，做賊心虛般移開目光。

他聲音極淡，聽不出什麼情緒：「拔劍。」

「好，來！」裴鈺笑意加深：「既然是公平對決，那你就不能用湛——」

他話音未落，便見不遠處的少年拔劍出鞘，寒光一現，卻並非來自神劍湛淵的威壓。

不用他提醒，被裴渡握在手裡的，是謝疏為他臨時尋來的那把長劍。

謝鏡辭心頭一動。

她爹對裴渡中意得很，聽聞他佩劍被奪，除了先行贈他此劍，還特地拜訪了當今的鑄劍第一人，想給裴渡一個驚喜。

那把精心鍛造的劍，大概在不久之後就能做好，而今湛淵回來，也不知道她爹會是什麼心情。

劍修之間的對決向來迅捷，毫不拖沓。

裴鈺先行強攻而上，欲在五招之內，把那臭小子殺個片甲不留。

他雖然口口聲聲說著「公平」，其實心裡比誰都明白，這場戰鬥不可能公平。

論資歷，他比裴渡早修煉了太多太多年。

論體力，裴渡迎戰那骷髏怪物，想必耗去了不少氣力，而他一直在掃蕩小怪，還能算得上活蹦亂跳。

至於武器，就更不用說了。

裴渡手裡的那把劍雖然並非凡物，奈何邪魔之火太過凶戾，已將劍刃灼出道道缺痕。

他被壓了這麼多年，如今終於能——

裴鈺抑制不住嘴角的弧度，揮劍而起。

他的身法快得驚人，長劍在空中劃出幾道殘影，好似驟雨疾風，即便壓制了靈力，也還是散發令人心悸的威壓。

裴渡神色不改，於眾多殘影之中窺見劍鋒，兩劍相撞，發出「叮」的一聲清鳴。

旋即他身形一動。

不等裴鈺避開，方才還在拔劍格擋的少年便轉守為攻，反手用力，震顫不已的劍尖好似蒼龍出海，驟然向前者襲去。

不好！

裴鈺暗自蹙眉，趕忙側身躲避，不料裴渡的劍法又快又狠，劍風匆匆劃過，在他側臉破開一道血痕。

這還沒完。

劍式未曾停歇，巨大的壓迫感織成巨網，密不透風，讓他連喘息都難以做到，只能竭盡全力地格擋，後退。

臉上的傷口火辣辣的疼，他心下大駭，只能勉強對自己一遍遍重複：務必冷靜。

裴渡從小修習裴家劍術，裴鈺亦是一字不落地把劍法牢牢記在心裡，因為學得比他更久，能摸透更深層的劍意。

如此一來，想勘破他的出招，也就成了極為簡單的事情。

裴鈺凝神靜氣，格擋之餘，分出一些注意力，放在裴渡所用的劍術上。

他把算盤打得極滿，已經能預見裴渡被看穿劍術、滿臉不敢置信的狼狽模樣，然而嘴角的笑還沒浮起，就凝固在唇邊。

……看不透。

他完全看不出來，裴渡究竟用了裴家的哪一個招式。

怎麼會這樣？

裴鈺心頭大駭，只見對方行如游龍，長劍的虛影變幻不止，劍尖淌落一滴殷紅鮮血，啪嗒一聲，穿過呼嘯的疾風。

巨大的壓迫感硬生生擠壓著骨髓。

他又驚又疑，在混亂的思緒裡，終於後知後覺意識到，不久前裴渡所用的，似乎是千劍門的招式。

而現在，是劍宗。

效仿各大門派的殺招，這是謝鏡辭出了名的愛好。

——為什麼這小子也會同她一樣？

劍宗，主速殺，崇尚一擊斃命。

繁密的劍影源源不絕，裴鈺察覺劍風掠過，沒做多想向下格擋，沒想到對方長劍一挑，順勢側攻，一套變招行雲流水，根本容不得他反抗。

在那一瞬間，裴鈺終於感到了前所未有的悔恨。

他根本不是裴渡的對手。

無論之前還是現在，無論有無劍骨靈力，那人都遠遠在他之上。這場對決從頭到尾，除了最初的先發制人，他一直沒有出手的時候。

這是澈澈底底的慘敗，被碾壓得毫無懸念。

他明明一直都在努力修煉，可為什麼……會變成這樣？

劍尖抵上喉嚨，被四周敞亮的明燈映出微光。與裴渡對視的瞬間，望著那雙漆黑眼瞳，裴鈺清清楚楚地明白，他完了。

一切全完了。

他會澈底成為修真界裡所有人的笑柄，永遠抬不起頭。

裴渡出劍快，收劍同樣很快。

他不知在思索何事，神色與語氣都極淡，沒有被陷害後的惱怒，亦沒生出大敗敵手的歡欣，不過輕聲道了句：「承讓。」

裴鈺急火攻心，自喉間吐出一口鮮血，兩眼發直，恍惚得像在做夢。

「要我說，什麼『勤修苦練』，你在練劍的時候，莫非裴渡舒舒服服躺在床上？」有人出言道：「凡事只想著自己的好，把所有罪責推給旁人，如此心性，也難怪成不了大事。」

「對啊，而且縱觀這些年，二公子吃喝玩樂的時間不在少數吧？」又有人附和：「我可聽說小少爺經常整日閉門不出，苦修劍術，這在我們學宮是出了名的。你花天酒地，人家在練劍；你尋歡作樂，人家還在練劍，到頭來不如人家，就把原因歸結在天賦上……這沒有道理吧？」

「同他廢話這麼多做什麼！」之前抓著他領口質問的少年厲聲：「此人心術不正，骨子裡就爛透了！今日之事與那日的鬼塚何其相似，指不定是他故技重施，想要再用一次栽贓陷害的把戲！」

此言一出，正殿中立即響起議論聲。

如今的修真界裡，恐怕沒人不知道鬼塚的那場變故。傳聞裴小少爺為篡奪家主之位，於懸崖設下重重陷阱，只為置白婉與裴鈺於死地，所幸裴風南及時趕到，力挽狂瀾。

此事是真是假，眾說紛紜，但此刻看來，究竟誰才是用心險惡的那一方，答案不言而喻。

「我們接下來應當如何？」少年咬牙：「裴鈺害了這麼多人，不如在此將他了結，也算除去一大禍患。」

「我倒覺得，不如先行留他一命。」謝鏡辭淡聲道：「他的所作所為一旦敗露，按照律法家法，都應當接受重刑、剔除仙骨，比起直接讓他死去，這種方式更能平息怨氣吧。」

她無視裴鈺惡狠狠的視線，挑釁般挑眉一笑：「我建議將他綁好留在此地，等出了祕境，再看裴二少爺如何交代。」

當了這麼久的惡毒反派，她早就對一個道理心知肚明。

死亡只是一瞬間的事情，比起死去，活著受罪才是最恐怖的噩夢。

裴鈺像具破布娃娃，被縛靈繩細細綁好，放在了角落。

「接下來我們應該解決的，」莫霄陽撓頭，環視正殿一圈，「應該是外面那些妖魔鬼怪了吧？」

他之前對正殿裡的修士們告知了大概情況，眾人走投無路，只能把唯一希望寄託在雲水散仙的神識上。

一名女修看向角落裡立著的楚箏：「前輩，如今祕境大亂，可有解決之法？」

這位前輩和傳說中一樣，自始至終不苟言笑，方才的衝突一波接著一波，沒見他臉上的表情有過絲毫鬆動。

「除了護心鏡，還有一物能鎮壓邪祟。」她說得慢條斯理，孟小汀好奇追問：「什麼？」

少年模樣的傀儡瞥她一眼，反手一指，指尖正好對著自己鼻尖：「我。」

要論實力，雲水散仙本人靈力強勁，無疑是個行走的驅邪寶器，若非她被心魔纏身，這群妖魔鬼怪怎敢這般造次。

「前輩的意思是，」謝鏡辭正色，「我們要離開正殿，前往本體所在的後山，透過剷除心魔的方式……讓她甦醒過來，鎮壓祕境？」

楚箏點頭。

「但如今這種情況，只要離開劍陣，無論是誰，都活不了太久吧？」莫霄陽少有地皺了眉：「要不我們一起衝出去，試著殺出一條血路？」

「行不通。」楚箏搖頭：「太多人一起行動，只會把祕境裡的邪祟盡數招來，到時魔氣凝結，會直接破壞後山中的清心陣。」

那樣一來，相當於慢性自殺瞬間變成急性猝死。

「但如果只派幾個人離開，」孟小汀道：「祕境裡邪魔眾多，一旦遭遇意外，很難活下來吧。」

「……我有一個辦法。」

良久，莫霄陽沉聲開口。

他向來看上去不太可靠，總愛嘻嘻哈哈，此時吊兒郎當的笑意褪去，眼底是刀鋒一般的凜然之色：「我儲物袋裡有瓶引魔香，能把周圍的怪物全都引來正殿，為出去的人爭取時間——但那樣一來，魔氣凝集，劍陣很難撐住。」

一瞬的沉寂。

「我呸！你這是什麼破爛法子！還說我害了你們？你這擺明瞭是在送死！」角落裡的裴鈺撕心裂肺地叫，澈底放棄形象：「到時候邪魔全都湧來這地方，劍陣能撐多久？我們都得死！你是個魔修對不對？指不定存了什麼心思，想要——」

他話沒說完，就被一道靈力打得口吐鮮血。

「我覺得可行。」對裴鈺深惡痛絕的少年收回力道，冷聲道：「什麼也不做地待在這裡，幾日之後，劍陣同樣會碎掉。如今它尚在，我們置身屏障下，不如放手一搏。」

橫豎都是凶險萬分，比起幾日後的絕望等死，他更情願拼上一拼。

「對……就像之前那樣，劍修守在邊緣，如果劍陣被強行突破，便迅速補好；其餘人聚力合擊，殺掉衝進陣法的怪物。」不遠處的年輕小姑娘抹了一把臉上血跡，雙目瑩亮堅定：「我雖然力氣小，劍術很差，但在陣法方面還是不錯的。」

「我也贊成！」她身側的女孩脆聲道：「我是醫修，儲物袋裡還有不少靈藥法寶，倘若有誰受了傷，來找我便是！」

起初只是一兩個人的聲音，在那之後越來越多，如同水滴漸漸匯成江流，填滿空寂的角落。

「我是法修，戰鬥力還行。」

「我我我可以為大家修復兵器！」

「我是傀儡師……我之前試過，用傀儡迷惑魔物，能暫時轉移它們的攻擊目標。」

「傀儡師？我這兒有不少增進力量的符咒，不知道對傀儡有沒有用？或者給它們貼上火符也行！漫天火雨，怎麼樣？」

「既然已經決定，」楚箏淡聲道：「誰願意同我前往後山？後山心魔盤踞，比起正殿，只會更加危險。」

「我去。」

清越的少年音響起，謝鏡辭有些驚訝地看向裴渡。

「在下修為尚可，今日之變故，同我亦有干係。」他望楚箏一眼：「前輩，不知一人是否足夠？」

「當然不夠！」謝鏡辭睜大眼睛：「我也去！」

「兩人足矣。」少年傀儡點頭：「倘若分出太多人，正殿恐怕支撐不住——如今的清心陣脆弱不堪，能容納的外人，應該也只有兩個。」

「那就靠你們了！」莫霄陽摩拳擦掌：「我們會拼命給你們爭取時間的！」

龍逍輕咳一聲：「倘若這次能出去，我會在雲京的醉陽樓設下大宴，諸位要是有興趣，都可前去慶祝一番。」

孟小汀兩眼發光：「醉陽樓？真的？」

「……唔。」年輕的體修彆扭移開視線：「孟小姐也想去？妳有沒有什麼喜歡的菜式？我能讓廚子多做一些……反正是順道。」

嘖嘖。

在楚箏的授意下，謝鏡辭與裴渡走了條不易察覺的小道。

妖魔邪祟嗅覺過人，厲害一些的，能輕而易舉發現修士的氣息。

好在莫霄陽的引魔香威力極大，常人雖然難以聞到，對於邪魔而言，卻是馥鬱濃香的味道，情不自禁想要追尋。

天邊的影子一道接著一道，全是朝著正殿所在的方向。四周樹影婆娑，在幽寂夜裡，好似張牙舞爪的鬼影。

裴渡一直護在她身前，謝鏡辭瞧他一眼，有些侷促地摸摸鼻尖。

當時在小室裡，她甫一見到裴渡兩眼通紅地掉眼淚，一顆心瞬間嘩啦啦碎開，也顧不得其他，對他講出了那樣直白的話。

如今想來，只覺得耳根發燙，哪怕僅僅和他單獨走在一起，都會覺得空氣變得莫名黏稠，彷彿藏了看不見的火，一下又一下燒在她心上。

……早知道就不那麼衝動了。

但心裡又有股迫不及待的念頭，想要知曉他的答覆。

無論如何，現在都不是適合談情說愛的時候。

謝鏡辭暫時收回心思，望向身旁的楚箏：「前輩，關於本體心魔，你還有零星的印象嗎？」

少年傀儡搖頭：「我只繼承了來到歸元仙府以後的部分記憶，據我猜測，心魔應該誕生於很早以前。」

謝鏡辭好奇：「會和雲水散仙凡人時期的經歷有關嗎？」

身為散修，這位性情古怪的大能可謂橫空出世，無人知曉她的來頭，關於雲水散仙從前的經歷，被想像出了幾十上百份話本。

楚箏頓了片刻。

「關於從前,我隱約記得……我有次離開歸元仙府,去了雲京城郊,給一座墳墓上香。」她的語氣無甚起伏:「墓碑上的人名為『周遠』,楚幽國人,死時八十二歲。」

「楚幽國?」謝鏡辭一愣:「這應該是凡人界的國家。」

「無須過多猜測。」楚箏腳步稍停,眸底罕見地溢了冷光:「你們二人若能將心魔擊敗,我便可一探究竟。」

她話音方落,在山林環合的蒼勁樹叢裡,冷不防響起一聲笑。

這笑聲幽冷非常,帶著十足的不屑:「你何時發現我的?」

「如今本體受到魔氣侵蝕,心魔只會越來越強。是我的疏忽,沒料到它已成長至此。」

楚箏語氣不改,真有幾分像是沒有感情的傀儡:「與它交戰,恐怕會被魔氣所困,滋生屬於自己的心魔。」

謝鏡辭皺眉:「所以——」

「所以最好的法子,是讓一人上前迎戰;另一人進入前者的心魔境,將其破開。」

他道:「但凡任何一人有失誤,前者都會葬身此地,另一位,看運氣吧。」

謝鏡辭努力理清思緒。

也就是說,他們其中一個要拼了命地和邪魔硬剛,保護歸元仙府不至於破滅。

而另一個人……要竭力保護他。

這樣一來，無異於把性命全部託付到另一人手上。

四周彙聚的魔氣越來越濃。

心魔啞聲笑笑：「就憑兩個小輩，也想擊敗我？就算你們聯手，也不是我的對手！」

古樹的枝葉密密匝匝，因冷風嘩嘩作響。

在倏然而過的風裡，謝鏡辭聽見裴渡的聲音。

「謝小姐。」他道：「當年我之所以離開浮蒙山，不是為求道，而是為妳。」

她怔然抬頭，望見少年清亮的眼眸。

心跳不自覺加劇。

「之所以竭盡全力每日練劍，不是為成名，亦是為妳。」

他的愛意太濃，哪怕語氣輕描淡寫，仍然讓她不由自主眼眶發澀。

那麼多個日日夜夜。

謝鏡辭什麼都不知道。

「因為第二日能在學宮見到妳，每夜入眠之際，我都會覺得開心。」裴渡垂眸，長睫如同纖長小扇，引出溫潤笑意：「稍後倘若出了差池，妳轉身離開便是，莫要逗留，也不要傷心。」

他說到這裡驟然停下，眸光深深，彷彿要將她刻在眼中，印入心頭。

魔物的嘶吼如浪如潮，當裴渡再度張口，聲音被夜色吞沒，低不可聞。

剎那之間，劍光四溢。

連綿不絕的劍氣自湛淵湧出，破開風與夜，衝向湧動的黑潮，密林之中恍如白晝。

這是裴渡給予她的答覆。

也是他豁出性命、放手一搏的告白。

他的驕陽高高在上。

他的傾慕至死不渝。

無須所謂「託付」，這條性命，早就心甘情願被她握在手裡，無所謂結局。

在無數看不見前路的夜裡，謝鏡辭是他永恆的燈塔。

疾風悠蕩，拂過耳畔一縷落髮。

謝鏡辭立在月色中，心臟止不住地飛速跳動，重重撞在胸腔。

她聽見了裴渡最後的那句話。

在無邊夜色裡，不善言辭的少年劍修輕輕對她說：「從十年前起……我就是獨屬於謝小姐的劍。」

遠樹接天，月光明滅。

密林被夜幕遮蓋，冷風拂過，掠起一層層浪湧般的茫茫樹海。

空氣極冷，亦極躁，窒息感鋪天蓋地，又很快被劍鋒斬碎。

如今歸元仙府魔氣肆虐，心魔滋生壯大，已然具備了元嬰實力，道道黑潮彙聚成咆哮的奔狼，一擁而起，有撕裂空間之勢。

裴渡穿行於黑氣之間，湛淵劃過半空，引出一道冷色亮光，層層雪霧裹挾著寒冰，劈開狼頭。

「凝神屏息。」楚箏道：「看見環繞在它身側的黑氣了嗎？那是心魔的吐息，能亂人心神，令人心魔漸生。」

謝鏡辭眉間緊蹙：「那我們──」

「閉眼，調動神識。」少年傀儡喉頭一動，自指尖凝出一道靈力：「妳需要進入他的識海，保護那劍修不受心魔所惑。此地難以受到戰況波及，我亦會護在妳身邊，保妳不被心魔所傷。」

識海乃是修士最隱蔽珍惜之地，蘊藏著此生所有的記憶與思緒，一旦識海受損，少則喪失記憶與情感，多則神志不清，從此變成不通人事的傻子。

因此，大多數人都會在識海中設下諸多禁忌，阻絕一切被入侵的可能。

楚箏見她微怔，目光一轉，露出了謝鏡辭所見的第一個微笑，意有所指：「倘若是我，定然無法輕易進入他的識海，但換作妳……想必不會多加為難。」

楚箏所言不假。

進入識海的法子並不難，只需調動神識，出體後與旁人進行感知，若是沒得到阻礙，便能暢通無阻地探入其中。

釋放神識的剎那，世間一切得格外清晰可辨。

樹木枝葉的晃動、一滴悠悠墜落的水珠，乃至不遠處魔物們亂且雜的呼吸，都能被盡數感知，以她的靈力為圓心，一點點擴散開來。

裴渡的氣息乾淨澄澈，與之觸碰到的瞬間，並沒有想像中的排斥抵觸，一股巨大的拉力猶如黑洞，不過須臾之間，便將她納入其中。

周身的一切盡數消散。

邪魔嘶吼、劍氣凜然、眼前忽明忽暗的月色都不見蹤影，謝鏡辭在一片虛無中睜眼，恍惚間，瞥見一道刺入眼中的亮色。

天光撕裂黑暗，首先闖入她視線的，是一道小小的、瘦削的影子。

那是個眉目清秀的男孩，看上去只有六七歲大小，站在一間破敗簡陋的院落中央，面前擺著個木製擔架。

擔架上的人一動也不動靜靜躺著，面上蒙了層白布。

「小渡，你也知道，最近山裡很不太平，走哪兒都能撞上邪魔，你爹又喝多了酒。」

站在他身側的中年男人面色尷尬，撓了撓頭：「他被我們發現的時候，就已經走了，你……你節哀。」

謝鏡辭走近了一些。

這裡應是裴渡的記憶，她不過是一個擅自闖入的外來者，無法被任何人感知，只能充當旁觀者的角色。

兒時的裴渡已經有了長大後的五官輪廓，相貌清雋，卻瘦得過分。身上的短衫一看便是粗製濫造，伶仃的腳踝暴露在寒風裡，顯出一團瘀青。

小小的男孩站在擔架邊，沒有哭，聲音是孩童獨有的乾淨清澈：「多謝李叔。」

「如今你爹……家中應該就只剩下你一個人了。」男人嘆了口氣：「你要是有什麼難處，大可來找我幫忙。我本打算讓你住在我家，但你也知道，妖魔肆虐，我們村裡想吃飽飯都難……大家都不好受。」

裴渡點頭，又道了聲謝。

他沒再說話，身邊的人們來來往往，噓寒問暖幾句，離開之際面帶悲色，默然不語。

大人們幫他埋好了遺體，男孩再回家的時候，孤零零的院子裡沒有回音。他似是茫然，坐在床前怔忪許久，保持著端坐的姿勢，靜靜過了一夜。

第二天，裴渡開始給院子裡的白菜澆水，去集市購買種子，又瘦又小的身影被淹沒在人潮，像是跌入汪洋的沙粒。

謝鏡辭跟在他身後，看著身邊來來往往、面目模糊不清的行人，耳邊傳來隱隱約約的議論聲。

「那個酒鬼死了？」

「聽說是被邪魔所害，心臟都被挖掉了。這幾日魔物猖獗，連官府都奈何不了，我們這兒的日子一天不如一天，該怎麼過啊。」

「也是造孽，那人死了，家中獨獨留了個兒子，才七歲大吧？」

「那酒鬼整天發瘋，夜夜抓著他兒子打，要我說，他死了，那孩子反而能舒服一點——他不是從很小的時候，就已經在幹活了嗎？」

「他娘是為生他而死的。不是說那什麼嗎？天煞孤星命格，專克身邊的人，很危險。」

小小的男孩垂著眼睫不說話，彷彿他們在討論另一個與他毫無關係的陌生人，低頭抱緊種子，沉默著加快腳步。

隨著他的步伐漸快，周遭景物被轟然踏碎，變成許許多多凌亂的碎片。

碎片上的影像模糊不清，想來已是十分久遠的記憶，裴渡並未認真記在心裡。

有他用單薄的被子把自己裹成一個球，縮在床鋪角落的時候。

有他在冰天雪地上山砍柴，不慎踩在雪上跌落崖底，摔得渾身是血，手上通紅的凍瘡被石塊刺破的時候。

有他在大年夜看著百家燈火，少有地煮了兩碗飯，用來犒勞自己的時候。

有他路過學堂，情不自禁佇立許久，被別人發現後臉頰通紅，低頭匆匆離開的時候。

也有他對著撿來的破爛玩偶，問上一句「你叫什麼名字」，又自嘲輕笑的時候。

碎片凌散不堪，她一幕幕看去，只覺眼眶酸澀，再回過神來，才發現眼淚從不知何時起，簌簌往下掉。

忽然模糊的記憶凝聚成片，眼前的一切漸漸明晰。

想來是因為這段往事被裴渡牢牢記下，於識海重現之時，才會格外真切。

首先占據全部感官的，是濃郁的血腥味。

耳邊妖風大作，魔氣編織成密不透風的網，一擁而至，引來無數驚聲慘叫。

浮蒙山地處偏遠，山中靈氣沉鬱，十分適合邪魔滋生。

這只魔物汲取力量多年，加之吸食眾多人血，能以氣息為媒介，來無影去無蹤，殺人於無形之間。凡人哪曾見過此等怪力亂神的景象，一時間四處逃竄，鮮血橫飛。

謝鏡辭一眼就看見裴渡。

他被魔氣掀飛，重重落在地上時，吐出殷紅的血。

湧動的氣流化作一把把利刃，毫不留情劃破皮膚和衣物，他毫無還手之力，滿身是血地躺在角落，如同瀕死的獸。

魔物肆意地笑，似乎察覺了他的存在，一點點靠近。

暗潮四湧。

瀕臨死亡的男孩竟沒掉下一滴眼淚，漆黑的瞳孔黯淡無神，激不起絲毫波瀾。

他一定從很久之前，就感到了絕望與茫然。

沒有家人朋友，尋不見活下來的理由，每日每夜都在得過且過，曾經無數次想過，或許死亡才是解脫。

瘦小的身影被逐漸吞噬。

然而魔氣並未如期而至。

——在邪魔即將觸碰他的剎那,一道劍光刺破黑夜。

不知是誰叫了聲:「仙人,仙人來了,我們有救了!」

山中之人習慣了粗茶淡飯與簡樸布衣,此時驟然閃過的幾道身影,卻皆是錦衣玉帶、玉樹芝蘭,只需一眼,便能看出絕非凡俗之人。

為首執劍的俊朗青年,正是修真界中首屈一指的劍聖謝疏。

謝鏡辭指尖一動。

謝疏身旁站著個白裙子的小女孩,手裡抱著與身量截然不符的長刀。

這是她。

她一輩子錦衣玉食,從沒見過這般破落的山頭,環顧四周,露出有些訝然的神色。

她自然也見到了躺在角落裡的裴渡。

但與話本子裡療傷相助的溫情戲碼截然不同,謝鏡辭的目光並未在他身上多加逗留,倒是她身邊一個醫修發出驚呼:「別動,我來給你止血!」

村子裡有太多傷患,比起毫不起眼的一個男孩,邪魔本身明顯擁有更大的吸引力。

「這傢伙比想像中更加棘手。」謝疏道:「辭辭,當心。」

他身側的法修笑道：「有我們在，哪能讓辭辭受傷？」

謝鏡辭心下酸澀，把目光轉向裴渡。

那時的她生活在無數人的善意之中，角落裡的男孩卻孑然一身，竭力咽下一口血。房檐罩下濃郁的影子，包裹住他，比起光芒萬丈的修真者，裴渡黯淡到彷彿快要消失。

浮蒙山傷亡慘重，醫修不可能一直陪在他身側，迅速止血療傷後，就匆匆趕往另一處救人。

經此大變，村落裡盡是三兩而行的家人朋友，裴渡勉強撐起身子，身影被火光拉長，孤零零一個，安靜又寥落。

魔氣四散，分化成一條條漆黑的長藤，肆無忌憚湧向路邊行人。

他所在的角落極為偏僻，沒受到邪祟襲擊，可不知道為什麼，望著不遠處湧動的影子，男孩向前一動。

他神色不改，平靜無瀾，一步步往前，靠近魔氣最凶的地方。

身邊是火光，暗夜，哀嚎，與綿延散開的血霧。

長藤迅捷而來，空氣被穿透的時候，發出嗚咽般的響聲。

在沉悶空氣裡，忽然傳來一陣清香的風。

一股猝不及防的力道緊緊抱住他，用力一撲，兩人順勢偏移，恰好避開長藤的襲擊。

裴渡的表情終於出現一絲鬆動，露出些許驚訝與困惑。

將他撲開的女孩同樣渾身是血，似是氣極，咬牙切齒：「你去送死嗎？白癡！」

她話音方落，迅速轉身，刀光一晃，將捲土重來的長藤砍成兩半。

這一切來得毫無徵兆。

當女孩一把拉過他的手，裴渡明顯怔住。

他身上滿是血汙和泥土，汙穢不堪，即便是匆匆逃離的村民，見到他都會下意識避開，不願沾染分毫。

眼前看上去嬌縱跋扈的小姑娘，卻毫不猶豫握住了他的手。

也是頭一回，有人願意握住他的手。

她的聲音像珠子一樣往外蹦：「你爹娘在哪兒？為什麼要一個人去那麼危險的地方？——欸，你能不能再跑快點？」

裴渡悶悶的，過了好一會兒，才生澀開口：「我爹娘去世了。」

謝鏡辭的步伐慢了一拍。

她輕咳一聲，語氣是笨拙的溫和：「那你別的親人呢？」

「……沒有。」

她不擅長應付這種小可憐，一時沒了言語，直到把男孩帶到安全的據點，才停下腳步回頭。

裴渡本在怔怔看著她的背影，見謝鏡辭轉身，匆忙垂下眼睫。

「那你，」她斟酌了一下用語，似乎覺得還未出口的話不合時宜，思索一番，撓了撓頭，「你把手伸出來。」

裴渡遲疑片刻，慢慢伸出手。

他手上生了凍瘡，冬天會紅紅地發腫，此時淌著血，難看至極。

男孩的耳朵隱隱發紅。

謝鏡辭被嚇了一跳。

其實她並沒有多麼好心，平日裡怕髒也怕痛，要是裙子上沾了泥，能瞬間變成苦瓜臉。

但她再不解風情，也能看出眼前的人生了尋死的念頭。

白團子一樣的女孩低頭伸手，用手帕輕輕拭去他手上的血汙，指尖沾了點玉露膏，落在裴渡手上，引得後者脊背僵住。

「總之，尋死是不好的。」她從來都不會安慰人，彆彆扭扭吸了口氣，也不知道自己在講什麼：「雖然現在過得很苦，但咬牙挺過去，總有一天會變好。你想想，這麼早就死掉，多不划算啊，要是繼續活下去，你能見到許許多多的風景，吃到許許多多的美食，遇到許許多多不一樣的人。」

她的指尖一動，圍著傷口轉了個圈：「說不定什麼時候，你見到某個人，遇見某件事，會情不自禁地想：能活下來真是太好了。」

裴渡愣愣地看著她。

「大概就是這樣……大概。」謝鏡辭被盯得不好意思，摸摸鼻尖：「而且我今日拼命救了你，你的這條命就有我的一半，不要隨便把它丟掉啦。」

她頓了頓，又道：「你好好在這裡休息，我得去找我爹。」

她走的時候，朝他揮了揮手。

謝鏡辭前往的地方火光明滅、劍光四溢，裴渡所在的據點只亮著微弱燭光，擋不住夜色四合。

他置身於黑暗，看著她的背影一步步遠去，朝著光芒萬丈的方向。

然後裴渡逐漸失去意識。

當男孩第二日醒來，妖邪盡退，修真者們不告而別。

他帶著滿身傷口爬上山頂，望著仙人離去的方向呆呆佇立許久，再恍然低頭，在口袋裡發現一個小瓶。

那是一瓶丹藥。

瓶身上貼著張紙條，字跡龍飛鳳舞，肆意瀟灑，他靜靜看了許久，指節用力，泛起蒼白顏色。

多可悲。

他沒上學堂，看不懂那上面的文字。

回憶如鏡面碎裂，變成無數散落的白光。

謝鏡辭再睜開雙眼，眼前已是另一幅景象。

當初豆芽菜一樣的男孩稍微長高了些，但仍是瘦削，脊背挺拔，立在原地像根竹竿。

背景不再是破敗的浮蒙山，而是一座城隍廟。

此時入了夜，廟內燭光閃爍，幽寂無聲，裴渡應是第一次來到此地，好奇地上下打量，坐在最裡邊的角落。

他的衣物乾淨了一些，卻因長途跋涉風塵僕僕，被冷風一吹，輕咳出聲。

他剛坐好，廟外便傳來幾道人聲。

「你們知道嗎？裴府要招新弟子了！聽說裴風南愛惜人才，特地下了令，無論出身，誰都可以報名參與選拔——我打算去試試，你們呢？」

「就咱們？能成嗎？裴風南名聲那麼大，不少少爺小姐都爭破了頭想要進去。」

「說不定咱們就有誰天賦異稟，被一眼看中呢！等會兒，那裡是不是有人？」

進廟的是三個年輕乞丐，模樣吊兒郎當，領頭的瞥見他身影，挑眉露出冷笑。

「喂，臭小子，沒人跟你說過。這地方是我們的地盤嗎？」他踱步上前，看男孩手裡的包裹一眼：「你一個人？」

裴渡沉了面色，把包裹抱得更緊。

「不奇怪，裴府收人，有挺多人往這邊趕。」另一個乞丐笑著上前：「抱得這麼緊，裡面藏著爹娘給你的盤纏吧？既然你住了我們的地方，是不是應該給點報酬？」

裴渡終於說話了。

他如今的模樣與將來相去甚遠，眸光幽冷，好似蓄勢待發的狼：「我沒有錢。」

「沒有錢？」青年哈哈大笑：「讓我們看上一眼，不就知道有沒有錢了！」

這是一場毫無懸念的打鬥。

裴渡年紀尚小，身形瘦弱，哪怕拼命反抗，也遠遠不是三個青年人的對手。他被打得鼻青臉腫，到後來不做反抗，只是緊緊抱著包裹不放手。

「這小子骨頭還挺硬。」其中一人笑得更歡：「這裡面肯定藏了寶貝！」

男孩咬著牙，把身體縮成小小一團。

他那樣倔的人，面對任何疼痛都不會喊叫出聲，此時卻顫抖著開口，嗓音發啞：「裡面沒有錢……求求你們。」

謝鏡辭氣得渾身發顫，卻奈何不了分毫。

這是屬於裴渡的、無法被更改的過去，在這段過去裡，她無憂無慮，遠在雲京。

包裹終究被奪了去。

青年們露出困惑的神色。

那裡面並沒有任何值錢的物品，不過幾件單薄衣物、少得可憐的盤纏，以及一個小小的瓷瓶。

裴渡努力想爬起來，被一腳踩回地上。

「這是什麼？還貼了張紙條。」

他不捨得把紙條交給旁人分享，原本是想著，等自己學了識字，再親自辨明謝小姐的話。

裴渡怎麼也不會想到，他心心念念的祕密，會用這樣的方式傳入耳中。

「藥比你貴，好好保管。」青年念著笑出聲：「別尋死了，呆子。」

「這什麼啊？相好送給你的？」另一人哈哈大笑：「快看看，這是什麼藥？」

「這小子就一窮光蛋，能是什麼好東——」

青年的聲音在此刻停下。

他瞪著眼，不敢置信地倒出一顆丹藥，聲音不自覺發抖：「這這這、這靈力……九轉金丹？」

九轉金丹究竟是多麼價值連城的藥，裴渡並不知曉。

他心知丹丸不可能被奪回，只能強撐著睜開眼，竭力出聲：「紙條，還給我。」

「難怪護得這麼緊，我們發財了！」領頭的青年激動得滿臉通紅，聞言輕蔑笑笑，低頭睨他：「你想要？」

裴渡深吸一口氣，紅著眼點頭。

沉寂一瞬。

回應他的，是紙張被撕碎的輕響。

一下又一下，如同刀片刮在耳膜。

當紙片紛紛落下，一縷火光閃過，將其燒作漆黑碎屑。

青年們得了寶貝，笑聲漸漸遠去。

男孩撐起身子，指尖向前，只觸碰到一縷薄灰。

他什麼也沒有了。

那張紙條被他小心翼翼保存，每當夜裡，他都會伸出手去，仔仔細細描摹上面的字跡，想像著有朝一日能再見到那人的影子。

原來謝小姐想對他說，別尋死了。

她還告訴他，有朝一日，他能遇見某個人。

某個讓他覺得，「能活下來，真是太好了」的人。

可是他和謝小姐還隔著那麼那麼遠的距離，就什麼都沒了。

空蕩的城隍廟裡，沒有風的聲音。

陡然響起的啜泣被壓得很低，起初像是小獸的嗚咽，旋即越來越清晰。

父親過世的時候，裴渡沒有哭。

在魔氣之中決然赴死的時候，他也沒有掉下一滴眼淚。

此時夜色幽寂，男孩卻趴伏在地，無法抑制地啞聲落淚，血和透明的水滴一併淌落，將地面暈成觸目驚心的紅。

謝鏡辭沉默著上前。

她虛虛抱住他，手指有如霧氣，在觸碰到男孩的瞬間穿過身體。

眼淚不受控制地往下掉。

這段回憶到此戛然而止，燭光退去，刺眼的太陽恍如隔世。

這個地方，謝鏡辭認識。

這是學宮。

「裴公子劍骨天成，又是難得一見的天水靈根，定會在學宮嶄露頭角。」

如今裴渡已然成了十多歲的少年，長身玉立、面如冠玉，舉手投足之間盡是溫潤儒雅，想來是被裴風南教導已久。

領他在學宮轉悠的師兄是個話癆，從頭到尾說話沒停過。學宮裡樓閣高聳、祥雲照頂，仙鶴的影子掠過池塘，撩動陣陣清風。

在和煦驕陽裡，遠處傳來女子的輕笑。

謝鏡辭一愣。

這是孟小汀的聲音。

裴渡本沒在意，漠然抬眸，周身氣息驟然凝固。

陽光懶洋洋落下來，池塘裡的魚游來遊去，他甚至能聽見蕩開的水聲。

四周極靜，分明什麼都沒動，卻又彷彿亂作一團，空氣層層爆開，讓他屏住呼吸，被心跳震得頭腦發懵。

頭。

從長廊盡頭，迎面走來兩個年輕的姑娘。

其中一個杏眼含笑，另一個靜靜地聽，唇角亦是上揚，似是察覺到生人的氣息，倏然抬頭。

裴渡的耳朵不自覺滾燙發紅，想同她對視，匆匆一觸，又很快挪開目光。

她果然不記得他。

「謝師妹、孟師妹。」師兄笑道：「妳們今日沒有課業？」

「我們正趕著去呢！」孟小汀嘿嘿笑，抬眸一瞧：「這位是——」

「這是新入學宮的裴小公子。」師兄道：「他天賦極佳，說不定今後謝師妹能碰上旗鼓相當的對手。」

孟小汀看她一眼，意味深長地「哦——」了一聲。

她們急於上課，沒打算多做逗留，兩個小姑娘嘰嘰喳喳地穿過長廊，與裴渡擦肩而過，沒有任何言語，只留下一縷清風。

「繼續走吧，我帶你去——咦，裴師弟，你的臉為何這麼紅？」

他倉促低頭：「……天熱。」

「好像眼睛也紅了，你是不是受不得冷風？」師兄的聲音繼續道：「方才左邊那位是雲京謝家的小姐，在你們這個年紀，她修為最強。」

裴渡安靜地聽，嘴角揚起淺淺的笑：「那很厲害。」

「不過你也很強啊！等年末大比，肯定能驚豔所有人，說不定連她也會大吃一驚。」

少年抱著手裡的劍，頰邊是圓圓小小的酒窩。

「……嗯。」

在那之後，記憶就變得豐富且澄亮，每一段都格外清晰。

原來裴渡總會默不作聲尋找她的身影，佯裝漠然地擦肩而過，在兩人逐漸遠去的時候，眼底湧上笑意。

原來裴渡習慣了注視她的背影，在祕境試煉之際，總會待在離她不遠的地方，一旦有變故發生，就裝作剛巧路過，拔劍把她護在身後。

就連當初學宮有個匿名告示板，供弟子們暢所欲言，有人寫了詆毀她的壞話，認認真真替她辯駁、誇出天花亂墜的馬屁，也是他。

謝鏡辭生性直爽，在此之前，無法理解像這樣不為人知的付出與等候。

但此時此刻，她卻忽然明白了他的小心翼翼，言不由衷。

他們相隔太遠，他不願將她驚擾，只能咬著牙苦修，一步步前往能與謝鏡辭相配的地方。

婚約訂下的那日，裴渡頭一回喝了酒。

一向冷靜自持的少年劍修抱著院子裡的大樹，雙頰溢著淺粉，眼眶同樣緋紅，一遍遍對它說：「好開心。」

他表達情感的方式，從來都簡單又笨拙。

之後便是跌落崖底，修為盡失，變成一無是處的廢人。

然後遇見謝鏡辭。

那時他心如死灰，以為是最後一次與她相見。

裴渡雖珍視那一紙婚約，卻也明白不該將她拖累，本已做好了簽下退婚書的準備，卻見她嗓音輕緩，撫上他髒汙的身體。

他慌亂不堪，連呼吸都快忘了。

謝鏡辭不會知道，去鬼塚尋找裴渡，這個在她眼裡無比隨心的舉動，對於裴渡而言，有多麼重要。

恍若重獲新生，一切努力都有了意義，也前所未有地，想要繼續活下去。

在很長的一段時間裡，她什麼都不知道。

恍惚之間，回憶褪去，謝鏡辭來到他識海深處。

魔氣湧動，卻並不濃郁，立於中央的男孩瘦弱不堪、滿身血汙，察覺她的到來，安靜回頭。

這是裴渡的心魔。

他無數的恐懼，源於多年前的城隍廟。

他一無所有，包括對未來的期望。

倘若裴府不願收他為弟子，倘若他毫無修仙資質，他這一輩子，連惦念那個人的信物都不再剩下。

他們之間的距離太遠，連遠遠地仰望都做不到。

謝鏡辭一步步靠近他。

男孩在血泊裡抬頭，眼中溢著水光，不知是出於自厭還是恐懼，下意識想要後退。

他動作生澀，蒼白薄唇微微顫抖，旋即在下一瞬，跌入一個輕柔的懷抱。

這是她當時想做，卻無能為力的事情。

男孩瘦小的身體彷彿只剩下薄薄皮肉，謝鏡辭感受著他身體的涼意，不由落淚。

在那個時候，裴渡該有多絕望。

隔了太多太多年的時間，她終於對他說：「裴渡，我在。」

剎那間，神識劇蕩。

眼前的一切都不見蹤影，當謝鏡辭再度凝神，見到歸元仙府裡魔氣濃郁的密林。

她的身體在發抖。

四下皆是昏黑，一陣腳步越來越近，牽引出冰雪般清凌的劍光。

裴渡衣物上沾了血汙，本是凌厲清寒的模樣，在見到她的瞬間殺氣盡退，眼底隱隱生出淺笑：「謝小姐，我已將雲水散仙的心魔——」

他說著一頓，斂去笑意：「妳哭了？」

謝鏡辭這才發覺，自己的眼淚止不住往下掉。

「對不起。」少年手足無措，疾步向她靠近，語氣中帶了安撫與歉疚：「我的心魔……嚇到妳了嗎？」

謝鏡辭沒說話。

在裴渡邁步前來的同時，她也倏地上前。

這個動作毫無徵兆。

一隻手按住他後頸，不由分說往下壓，裴渡順勢低頭，瞳孔猛然一縮。

冰涼指尖下意識攥緊，將袖口捏出水一樣的層層褶皺。

他屏住呼吸，心跳無比劇烈地敲擊胸口，劍氣凌亂散開，煞氣全無。

謝小姐殷紅的唇……覆在他的唇瓣之上。

裴渡險些以為自己在做夢。

身側的夜風寒涼刺骨，長夜濕重，在四溢的冷意裡，貼在他唇上的溫度卻是熾熱。

他慌亂無措，毫無經驗，下意識睜大雙眼，視線所及之處，是謝鏡辭泛紅的眼眶，以及被淚水打濕的瞳孔。

謝小姐正在哭。

她還吻了他。

這個吻力道極重，雙唇相貼，滾燙的溫度牽引出道道電流，自唇瓣徑直通往識海。裴渡被激得長睫陡顫，脊背僵著一動不動，唯有心臟在瘋狂跳動。

謝鏡辭很快將他鬆開，低頭擦去眼角的水珠。

對她的在意戰勝了羞怯，裴渡忍住側臉上砰砰亂炸的煙花，直到開口，才察覺自己的嗓音不知何時變得極其低啞：「謝小姐，發生什麼事了？」

他一面說，一面不甚熟練地抬手，為姑娘輕輕拭淨眼淚。

謝鏡辭不知應該怎樣回答。

倘若直白地告訴裴渡，她進入他識海深處，把其中不少回憶都潦草看了一遍，以他的性子，定會羞愧難當。

他臉皮太薄，把悠久的暗戀悄悄藏在心裡，一旦被挑明，恐怕會變成渾身通紅的蝦。

她略作停頓，低聲應道：「心魔域太黑，被嚇到了。」

「那現在——」

「現在好多了。」謝鏡辭抬眼朝他笑笑：「你擊敗心魔了？」

執劍的少年修士安靜點頭，指尖稍動，便有靈力如光，照亮不遠處的幽深樹叢。

被擊潰的心魔有氣無力，不復最初吞天般的氣勢，化成一團皮球大小的黑霧，頹然倒在樹幹下。

在它身側站著個孱弱的少年身影，赫然是附身於傀儡之上的楚箏。

「前輩正在與心魔進行神識交互，試圖從它那裡找到一些線索。」裴渡低聲道：「歸元仙府魔氣越來越濃，清心陣正在漸漸損毀。倘若雲水散仙被心魔完全吞噬，整個祕境都會毀於一旦，我們沒太多時間，等前輩結束事宜，便即刻深入後山。」

謝鏡辭點頭，看向他身上的血跡斑駁，不由皺眉：「你的傷……」

心魔汲取了祕境裡的邪氣，正是風頭最盛的時候，裴渡修為遠不如它，能將其擊敗，必然付出了極為慘烈的代價。

除開這些血肉模糊的外傷，五臟六腑與經脈裡的情況，也一定不容樂觀。

「前輩替我簡單治療過，還能再撐一段時間。」裴渡臉上還是有些紅，似是緊張，語氣裡顯出幾分拘謹的意味：「謝小姐，我從小就不怕疼，妳不用擔心。」

他說得輕鬆，謝鏡辭聽在耳朵裡，不由心間一澀。

裴渡兒時常被醉酒的父親無故打罵，之後入了裴家，又被送往各處祕境與試煉之地，沒日沒夜地苦修，對於受傷，早就成了家常便飯。

他哪是不怕，只不過習慣了而已。

他話音落下的間隙，那頭的楚箏已經漠然起身。

「前輩。」謝鏡辭好奇道：「您從心魔的記憶裡，可曾尋得什麼線索？」

「……算是。」少年傀儡微微皺眉：「時間緊迫，還請二位先行隨我前往後山密室。心魔之事，我會在路上盡數告知。」

他說完就走，謝鏡辭與裴渡對視一眼，一併跟在楚箏身後，聽他緩聲道：「你們應該聽說過，我之所以被心魔所困，是為了求解『情』。」

謝鏡辭點頭：「正是。」

「我體質特殊，自出生起，就不具備情根，無法感知常人的七情六欲。也許是天道為了補償，賜我純陽之體，有驅鬼辟邪、靈力天成的效用。」

純陽之體，乃是修真界中難得一見的上品體質。

想來雲水散仙身為一個無門無派的散修，之所以能步步飛升、速度遠超出眾多宗門親傳，除了天資聰穎、勤奮努力，其中很大一部分原因，是因為這種出類拔萃的資質。

「方才那心魔只不過是它本體的一縷殘魄，記憶和我一樣，並不完整。」楚箏繼續道：「在它的印象裡，我出生於諸國亂戰時期的楚幽國，因相貌與一人極為相似，被養在皇宮裡，作為那個人的替身。」

謝鏡辭露出了然的神色。

凡人界曾有過一段戰事連年不斷的時候，諸國貴族人心不穩，流行豢養替身，在千鈞一髮之際代替自己送命，迷惑敵人。

在這種境況下，打從一開始，替身就註定了必死的結局。

可楚箏卻活了下來。

「第二段記憶，是主子體弱，有老道看出我體質異於常人，便提了個法子，讓我每月月初刺腕取血，供主子喝下，延年益壽。」

越往後山深處走，樹木就越發茂盛蔥蘢。

身邊的魔氣幾乎凝成了實體，濃郁得不像話，風聲裹挾著少年音響起，淡漠至極。

「第三段記憶，是楚幽國破，我本應代替主子赴死，在即將前往城門之際，卻有人突然出現。」

他說到這裡，少有地出現了遲疑的語氣，彷彿想不通前因後果，有些困惑：「那個人抓著我的手，朝城門反方向一直跑……周圍全是火光和亂箭，我看不清他的臉。」

謝鏡辭心下一動：「那個人帶著你逃出了皇宮？他活下來了嗎？」

楚箏的聲音有些悶：「我不知道。他好像給了我一封信，我剛打開，後面就襲來一群追殺的刺客，顛簸之中，不知道它掉在了哪裡。」

能冒天下之大不韙，頂著無數追殺和箭雨，只為將一個小姑娘送出皇城，此人與她的關係必然不一般。

至於那個人最後的下場……

謝鏡辭想起在楚箏的記憶裡，雲水散仙修為有成之後，仍會前往雲京城郊，在一座墓前進行祭拜，墳墓裡埋著的人，正是來自楚幽國。

但那名老者活了八十多歲。

如果救下她的人當時並未死去，反而得以頤養天年，雲水散仙的心魔不可能如此強烈。

心魔，在很大程度上來看，源自於修士們無法企及的執念。名聲、地位、情思，得不到的才最念念不忘，倘若一帆風順，必然不會滋生心魔。

謝鏡辭想不太通。

假若躺在墳墓裡的老者並非出手相助之人，雲水散仙又為何會對他心生惦念、特意祭拜？當年在楚幽國皇宮裡，究竟發生了什麼？

線索又雜又少，毛線一樣亂作一團，謝鏡辭還沒理清頭緒，就聽楚箏淡聲道：「到了。」

她迅速抬頭。

後山人跡罕至，連魔物都消匿了行蹤，周圍的參天大樹枝葉繁茂，有如傘蓋密密麻麻，把月光吞噬得一絲不剩。

四下的雜草更是鋪天蓋地，張牙舞爪地狂亂生長，生生竄出半個人高，冷風一吹，湧動如浪。

「難怪這麼久過去，一直無人發覺機關。」

楚箏伸手撫去山壁上的爬山虎，枝葉一層接著一層，發出嘩啦輕響。

待得綠意退盡，便顯出一個略微凸起的石塊。

「此地之所以察覺不到異樣，全因我在洞穴之中設下了陣法。待得石門打開，魔氣大盛，二位還請凝神靜氣，莫要慌張。」

謝鏡辭低低應了聲「好」，看他手下用力，緩緩旋轉石塊。

靜寂夜色裡，兀地響起一道轟聲。

這道聲音沉重悠長，與之一同湧現的，還有勢不可擋、洶湧澎湃的魔氣。

山壁竟是一座石門，隨著少年傀儡的動作緩慢上移，被禁錮許久的黑潮爭先恐後往外鑽，如同一條條漆黑的蛇。

謝鏡辭頭一回，感受到了泰山壓頂般的煞氣。

她不是沒見過修真界裡聲名遠揚的大能，修為高到一定程度，修士們就會特地隱而不露，收斂靈氣與威壓，不至於嚇壞小輩。

但此時的雲水散仙不同。

她被心魔所困，靈力一股腦地湧出來，絲毫不加掩飾；魔氣亦是勢如破竹，有遮天蔽日之勢，憑藉她與裴渡的力量，根本沒辦法抵擋。

石門逐漸打開，謝鏡辭竭力穩住心神，讓自己不至於被魔氣侵蝕，抬眼望去，在一片混沌之中，見到一抹纖細高挑的影子。

清心陣雖然受損，但仍殘存了些許靈力，在密室裡散發出悠然白光。

然而這白光破碎且黯淡，如星點四散在半空，輕輕一晃，便映出狂湧不止的黑霧，更顯幽異詭譎、怪異非常。

雲水散仙周身環繞著數不清的魔氣，模糊了身姿與面容，乍一看去，只見到長髮紛飛、膚色慘白，比起出塵仙人，更像是志怪故事中的女妖。

「靠近本體，我的力量能提升不少。」楚箏默念法訣，於二人身側設下法陣：「心魔太強，正面對上必然大敗，還請二位催動神識，進入本體識海，將心魔勘破。我會竭力護法，保二位周全。」

魔氣狂嘯，化作道道利刃直沖而來。

楚箏抬手將其退去，語氣是少有的嚴肅：「這具身體受到魔氣侵蝕，定會對你們的進入產生排斥。倘若在記憶裡遇見魔氣，切記尋個地方好好藏下，一旦被察覺，恐怕會被當場絞殺。」

「高階修士識海自成結界，時間流速與外界不同，二位不必擔心記憶漫長、耽誤時間，專心查出心魔便是。那麼——」

他語氣一凜：「祕境裡諸多弟子的性命，就交給二位了。」

謝鏡辭睜開雙眼，首先見到一具棺材。

她怔然扭頭，又見到另一副。

準確來說，是被整整齊齊擺放著的許多棺材。

這是個棺材鋪。

裴渡頭一回深入識海，見狀微微愣住，還沒來得及開口，就聽見不遠處傳來一道中年男聲：「棺材可算打好了！皇宮裡的人就是金貴，單單是這一副棺材，就值我三輩子攢下來的錢。」

他順勢轉身，耳邊傳來謝鏡辭的聲音：「這裡是雲水散仙的記憶，放心，記憶裡的人看不見我們。」

棺材鋪雖大，卻幾乎被棺木填滿所有空間，好在大門敞開，引來燦爛明朗的陽光。

身著布衣的中年男子站在門邊，身旁的女人笑道：「老闆畢竟是京城中的頭號招牌，做出這棺材，您也能掙不少錢——宮裡待會兒便會派人來取了吧？」

「應該快了。」男子道：「那位貴妃也真是紅顏薄命，當今聖上待她萬般寵愛，只可惜這麼早便香消玉殞。」

皇宮。

當初楚箏就是在皇宮裡作為替身長大，他們想勘破心魔，首先得去宮裡找她。

謝鏡辭剛要開口，忽然察覺裴渡眉間一皺，沉聲道：「有魔氣。」

識海裡的魔氣，類似於病毒查殺機制，用來鞏固心魔的絕對統領權。她與裴渡都是偷偷潛入的病毒，一旦被發現，只剩下被乖乖消滅的份。

謝鏡辭也感應到逐步靠近的威壓，胸口咚咚地跳。

這個棺材鋪店面極大，雖有木櫃與房間，同他們卻隔著一段不遠的距離，要是匆忙奔去，很可能鬧出動靜，引來注意。

窒息感越來越近。

四周盡是整齊劃一的棺木，如此一來，能夠藏身的地方只有——

謝鏡辭來不及細想太多，一把拉過裴渡的手。

神識雖然無法與記憶裡的人進行交互，彼此之間卻能觸碰。

被往後推倒的時候，裴渡下意識繃緊脊背。

謝小姐動作很快，當他反應過來，身體已經穿過棺木，同她一起入了棺材之中。

正是店鋪老闆一直注視，即將被送入皇宮的那一具。

眼前所見盡是漆黑。

他什麼都看不見，只能感到她輕輕壓下來的重量與溫度，神識很輕，軟綿綿的一團，正伏在他胸膛上。

謝小姐的手掌，剛好落在他心口。

他感到侷促，亦有無措與不安，心臟的劇烈跳動讓一切情緒無處可藏，彷彿褪去了層層偽裝，把最為本真的悸動展露在她眼前。

「抱歉抱歉。」謝鏡辭的聲音很低，有如耳語：「實在沒別的地方可以躲——這樣你會不會覺得難受？」

……他是另一種意義上的難受。

裴渡自然不會說出口。

劍道最為忌諱心亂，他在裴風南的教導下，早就能做到臨危不懼、時時刻刻面色如常，可一旦面對謝鏡辭，哪怕被她輕輕一碰，都會情不自禁地心頭發顫。

更不用說，是如此貼近的動作。

謝鏡辭引動靈力，點亮極其微弱的白光，雖然驅散了黑暗，卻讓裴渡更緊張。

這種微光最是曖昧，他喉頭一動，試圖避開她直白的眼神，嗓音發啞：「這裡是……雲水散仙的記憶？」

他耳根通紅的模樣實在可愛，謝鏡辭直勾勾注視裴渡雙眼，輕笑出聲：「對呀。識海和記憶是互相連通的嘛。」

謝鏡辭說著頓住。

她終於明白，為什麼裴渡的神色會那麼奇怪。

因為在不久之前，她曾經暢通無阻進入了裴渡的識海，理所當然，也就知曉了被他深深埋在心底的記憶。

糟糕。

裴渡心裡何其澄明，無需多言，必定知曉了一切。

「謝小姐，」他的嗓音低不可聞，「妳都……知道了？」

謝小姐窺見了他的記憶。

如此一來，他那些隱祕的、近乎癡迷的渴慕，定是毫無保留地盡數展露於她眼前。

頭腦中轟地炸開，少年本就通紅的臉愈發滾燙。

在一片靜謐裡，謝小姐正直勾勾看著他的眼睛，柳葉眼盈盈發亮，目光有如實體，掃在泛紅的面龐。

裴渡想躲，然而棺材裡狹窄逼仄，更何況謝鏡辭正極為貼近地靠在他身上，在狹小的空間內，一切情緒都無法掩藏。

她會不會覺得……他很奇怪。

那樣亙久地悄悄注視她，甚至還尋了她的筆跡，在暗地裡細細描摹——

裴渡不敢細想。

只希望謝小姐沒有看到，他那時情不自禁泛起的笑。

他羞愧欲死，側臉和後腦勺都在狂燒，忽然聽見幾道陌生的嘈雜人音，棺材被驟然抬起。

應該是皇宮裡的人來此取棺。他們人生地不熟，待在棺木裡，正好能被送入宮中。

因著這一下的顛簸，謝鏡辭不受控制地往下靠，身體輕輕一蹭，吐息劃過少年耳垂。

他下意識一顫。

謝小姐應該看見了他通紅的耳朵。

她的氣息綿長溫和，氤氳在脖頸與耳畔，在密閉空間裡熾熱難當，每一次呼吸都勾得他心口發癢。

在片刻的沉寂後，裴渡聽見她的聲音。

「我都知道了。」

他心頭猛地一跳。

一隻手輕輕撫上他側臉，柔若無骨，極盡溫和。

謝小姐的臉，貼在他的側頸上。

「不要偷偷喜歡我啊。」她說：「裴渡，你才不是我的劍。」

這是顯而易見的拒絕，作為對他之前那句話的回應。

裴渡心口一揪。

他下意識感到慌亂，沉聲應她：「謝小姐，我——」

「我不需要你為我披荊斬棘，出生入死，我只想竭盡所能地對你好，讓你覺得開心。」謝鏡辭在距離他很近的地方，貼著他的耳朵：「因為喜歡你，只要你能開心，一切就都足夠了。」

她不是裴風南。

身為裴家家主，裴風南之所以收養裴渡，全因看中他的利用價值，想為家族鍛造一把人形兵器。

她怎麼捨得把裴渡當作一把劍。

對於謝鏡辭而言，他不是裴家長子的替身，亦非用來出生入死的護身符，在少年天才的光環之下，他首先是裴渡。

裴渡怔怔看著她。

他面上紅潮未退，一雙漆黑的瞳仁格外亮，被靈氣一映，淌開水一樣的流波。

他從未想過，原來極致欣喜的時候，會不由自主地眼眶發澀。

何其幸運，他遇見的、為之奔赴的那個人，恰好是她。

謝小姐給予的蜜糖太甜，沉甸甸落在他心上，溫暖的甜漿四溢湧動，將整顆心臟包裹，無法呼吸。

始終僵在身側的手無聲向上，將她緩緩抱住。

在安靜淌動的微光裡，裴渡逐漸用力。

沉重的棺木隔絕了外界的光亮與氣息，整個世界裡，彷彿只剩下兩個人。

他似乎想到什麼，遲疑半晌，眼底浮起再明顯不過的羞赧，聲音更低：「謝小姐，那個……可以再來一次嗎？」

謝鏡辭一怔。

她很快反應過來裴渡話裡的意思，強忍了笑意，佯裝好奇地問他：「那個？那個是什麼？」

他的臉果然更紅，竭力張了嘴，卻沒出聲。

過了好一會兒，裴渡的聲音才低低傳來：「……親。」

「嗯？你說什麼？沒聽清。」

謝鏡辭看見裴渡上移的喉結。

旋即在下一瞬，唇上猝不及防傳來綿軟的觸感。

裴渡動作極快，蜻蜓點水般啄在她唇瓣，似是嘗到甜頭，又輕輕一壓，眼底蕩出層層的笑。

他小心翼翼開口，每個字咬得格外清晰：「喜歡妳。」

這是他藏了十年的祕密，時至此刻，終於能親口告訴她。

少年聲線清越，漸生笑意：「好開心。」

即便得不到回應，能看著她一天天變得更好，朝著光芒萬丈的方向前行，僅僅是喜歡她這件事，就能讓他感到雀躍歡欣。

謝小姐說得不錯，喜歡一個人的時候，只要她能開心，他便也喜不自禁。

這個反撲來得突然，謝鏡辭無法反抗，雙唇相觸的剎那，心口像被抓了一下。

裴渡的唇軟得不可思議，像果凍或糖漿，一點點靠攏，又笨拙地偏移，靜靜貼了好一會兒，她終於意識到不太對勁。

謝鏡辭往後退開些許，留出說話的空間，強忍笑意：「你打算就這樣一直貼著呀？」

裴渡愣住。

他面上更紅，雖然湧起了類似於侷促的神色，卻還是極為正經地向她解釋：「謝小姐，其他人都是像這樣貼著很久……我兒時無意中見過幾次。」

聽他語氣，倒像是謝鏡辭對此事一竅不通，要被耐著性子悉心教導。

她樂不可支，嗯嗯點頭：「我從來不知道應該這樣做。你好會，懂得真多，接吻藝術大師！」

裴渡被誇得渾身不自在，一張臉越來越燙，繼續低聲道：「聽說像這樣做，能讓人覺得愉悅舒適。謝小姐倘若覺得不習慣，我可以慢慢……慢慢教你。」

他凡事都想給她最好，在這種方面，自然也不能比其他任何人差。

謝小姐沒有經驗，必然什麼都不懂，他作為主導的那一方，一定要好好努力，不讓她覺得難受。

謝鏡辭沒忍住，噗嗤笑出聲。

這人真的好呆。

他能教她什麼，教她玩嘴唇貼貼樂嗎。

她雖然也沒有經驗，但好歹在小世界裡接受過無數小說電影的薰陶，看來在什麼時候，有必要親自教一教他。

她的笑意止不住，帶了調侃意味地開口：「那方才呢？你覺得舒服嗎？」

他們的唇貼合，沒有任何技巧，頂多帶來一瞬酥麻。

謝鏡辭那會兒暈暈乎乎，只覺得心臟狂跳，來不及思考其他，等反應過來，裴渡已經和她乾巴巴貼了好一陣子。要說什麼「舒適」，恐怕早就在她失神的間隙偷偷溜走了。

她問得饒有興致，近在咫尺的少年長睫忽閃，怔愣片刻，終於輕輕點頭。

「真的？」謝鏡辭沒想到真能得到答覆，得寸進尺，好奇地盯著他漆黑的眼瞳：「是什麼樣的感覺？」

裴渡沒有立即回答。

手心下的心臟跳得更快，隔著薄薄一層衣物，她能感受到身下軀體陡然升溫的熱。

「就像是，」他低低出聲，「……心都快化掉了。」

其實還有腦袋裡簌簌地放煙花，血液橫衝直撞、沸騰不休，整個人開心得像要死掉，忍不住從眼睛裡溢出笑。

要是像這樣說，謝小姐一定會被嚇到。

連他自己也覺得不好意思，每每見到謝小姐，都會變得如此……

如此猛浪不堪，讓人臉紅。

裴渡對她予取予求，哪怕再內向害羞，都會將想法如實相告。

他們格外貼近，這道聲音擦著謝鏡辭耳邊響起，尾音幾乎融進空氣，微弱卻勾人，撩起無形的熱。

她很沒出息地臉上發燙。

四下陷入沉寂，謝鏡辭還想再說些什麼，忽然察覺棺木頓住。

皇宮到了。

——《反派未婚妻總在換人設【第一部】妖女、綠茶與霸道總裁？！》完——

——敬請期待《反派未婚妻總在換人設【第二部】嬌氣包與大魔王？！》完結篇——

高寶書版集團
gobooks.com.tw

YE 087
反派未婚妻總在換人設【第一部】妖女、綠茶與霸道總裁?!(下卷)
作　　者　紀　嬰
責任編輯　吳培禎
封面設計　單　宇
內頁排版　賴姵均
企　　劃　何嘉雯

發 行 人　朱凱蕾
出　　版　英屬維京群島商高寶國際有限公司台灣分公司
　　　　　Global Group Holdings, Ltd.
地　　址　台北市內湖區洲子街88號3樓
網　　址　gobooks.com.tw
電　　話　(02) 27992788
電　　郵　readers@gobooks.com.tw（讀者服務部）
傳　　真　出版部(02) 27990909　行銷部 (02) 27993088
郵政劃撥　19394552
戶　　名　英屬維京群島商高寶國際有限公司台灣分公司
發　　行　英屬維京群島商高寶國際有限公司台灣分公司
法律顧問　永然聯合法律事務所
初　　版　2024年09月

本著作物《反派未婚妻總在換人設》，作者：紀嬰，由北京晉江原創網絡科技有限公司授權出版。

國家圖書館出版品預行編目(CIP)資料

反派未婚妻總在換人設. 第一部, 妖女、綠茶與霸道總裁?!/紀嬰著. -- 初版. -- 臺北市：英屬維京群島商高寶國際有限公司臺灣分公司, 2024.09
　冊；　公分. --

ISBN 978-626-402-077-0(上卷：平裝). --
ISBN 978-626-402-078-7(中卷：平裝). --
ISBN 978-626-402-079-4(下卷：平裝). --
ISBN 978-626-402-080-0(全套：平裝)

857.7　　113013116